운이 좋으면
거북이를 볼 수 있어

운이 좋으면
거북이를 볼 수 있어

물고기숲

延 series

물결

그 옆을 흐르는

내가 슬쩍 떠올린 당신의 모습까지도

아
침
놀

그해, 나의 계절은 늘 여름이었다

그때 나는 정상인 코스프레를 하고 있었다. 평범한 척했 단 애기인데, 좀 더 풀어보자면 본래부터 나는 감수성과 표 현력이 풍부한 아이였다. 거기에 신앙에서 비롯된 긍정이 더해지니 내게 세상은 감사할 거리로 넘쳐났던 것이다.

버스를 놓쳤을 때에는 '그 버스에 난동을 피우는 사람이 있었을지도 모르니' 감사, 누군가 내게 무례한 행동을 했을 때에는 '그 사람의 본성을 알게 됐으니' 감사, 이렇다 할 일 이 없는 어느 날은 '두 발이 지구에 떨어지지 않고 붙어있다 는 사실이 새삼 감격스러워' 감사하기까지 했다.

그러나 사회에 나와보니 세상은 호락호락하지 않았다. 내 의도를 의심하는 이들이 적지 않았다. 진심을 몰라주니 억울했지만, 이상한 사람 취급받는 건 또 싫어서 평범한 척 하기 시작했다. 누구나 그렇듯이 사회적 기준에 맞게 적당히 감사하고, 적당히 감격하고, 적당히 감동하면서.

사람은 고쳐 쓰는 게 아니라던가. 꾹꾹 눌러왔던 본성은 결국 터져나온다. 휴일을 맞은 어느 날, 집에서 인터넷을 하다가 발칸반도의 푸른 바다를 보고 빠지지 말아야 할 생각에 빠져들어버린 것이다. 아니 빠져드는 것까지는 괜찮았다. 그동안 잘 붙잡고 있던 고삐가 한순간에 풀려버린 게 문제였다. 아마도 주변에 아무도 없어 내가 정상인 코스프레 중임을 깜빡 잊은 모양이었다.

들뜬 나는 이왕 떠날 거면 화끈하게 1년 동안 세계 일주를 하자고 마음먹었고, 그 마음은 함께 갈 누군가가 있으면 좋겠다는 생각에까지 미치게 했다. 당장 떠오르는 방법은 단 하나, 신혼여행밖에 없었다. 심장은 쿵쾅거렸고 머리로는 이미 예비 신랑에게 프러포즈할 때 어떤 노래를 틀어놓을지까지 구상을 마치고 있었다.

마음의 준비는 끝났다. 이젠 남자만 구하면 됐지만, 당시 남자 친구도 없던 내게 신랑감이 하늘에서 뚝 떨어질 리 없었다. 찾기만 하다가는 평생 못 갈 것 같아 결심했다. 혼자라도 가기로. 마음껏 감동하고 마음껏 감격하겠다는, 새로운 마음으로(新, 새로울 신) '혼'자 떠난 여행이니 신혼여행이기는 마찬가지라 우기면서.

그렇게 떠난 그해, 나의 계절은 늘 여름이었다. 남반구와

북반구를 오가며 해를 따라 지구를 한 바퀴 돌았으니까. 낮에는 바다에 빠지고 산에 오르면서 땀과 습기로 끈적해지는 피부를 즐겼고, 노을이 질 때면 약간의 소금과 레몬즙 그리고 데킬라로 하루를 마무리했다.

들이마시는 숨마저 끈적하고 달콤했던 新'혼'여행의 순간들이었다. 혼자라도 떠나서 얼마나 다행인지 모른다. 아니 혼자였기에 만나는 이마다 친구가 될 수 있었다. 신기했던 건 정상인 코스프레에 끝내 실패한 나처럼 내가 만났던 사람들도 정상은 아니었다는 것이다. (여기서 비정상은 물론 '좋은 의미'의 비정상이다 – 나는 지나친 감사로 비정상인의 범주에 들지만, 그들은 나보다 더 삶에 감격하고 감사하고 감동하고 있었다.) 그렇게 나는 남편 대신 새로운 가족을 얻었다.

같은 집에서 매일 살을 맞대고 있어야만 가족이 아니다. 비 오는 날 미처 우산을 챙기지 못해 흠뻑 젖은 날이면 생각나고, 햇살이 따사로운 날 바다에 뛰어들다가도 생각나고, 집에서 양파를 볶는 순간에도 나는 여전히 그들을 떠올리며 그리워한다. 겨우 크리스마스 때에야 안부를 전할 만큼, 자주 소식을 주고받지 못할지라도 그때마다 내가 진짜 나일 수 있다면 그들은 내 가족이다. 가족에게는 코스프레가 필요 없으니까.

1부

운이

좋은

날들

무모함에 대한 작은 찬가

나는 무모함이 버릇없는 막내의 어리광이나 철없음이라고 생각하지 않는다. 그건 스스로 내린 결정을 확신하는 자의 특권이다. 그 확신이 단단하게 무르익어 담대함을 낳고 용기를 낳고 다시 무르익을 때, 무모함은 모험이 된다. 모험에 후회가 따른다고 해도 밀어내지 말 것. 후회를 마다하지 않으면 후회가 들어설 자리가 없고, 후회가 없다면 인생은 즐거울 테니까.

뜨리마 까시, 짠딕!

여행자들을 살펴보면 저마다의 필살기가 있다. 양념치킨을 만들어주는 요리 실력이라든지, 직접 엮은 팔찌를 선물로 주는 손재주라든지. 특별한 재능이 없던 나는 창의성을 발휘해야 했는데, 생각해낸 것이 현지인에게 현지어로 '예쁘다'를 말해보자는 것이었다.

태양이 내리쬐는 발리 한낮. 길거리에 앉아 있던 까낭 아줌마는 일요일에도 자리를 지켜야 한다는 게 불만인지 밝은 인사에도 놀부 마누라 같은 표정을 짓고 있었다. 괜한 심기를 건드리고 싶지 않아 나는 말없이 엽서를 부치고 싶다는 몸짓을 했고, 아주머니는 대꾸 없이 우표를 건넸다.

그때부터 상황이 곤란해졌다. 우표에 바르려던 물풀이 손끝에 묻고, 엽서에 묻고, 다시 손에 묻으면서 양손이 풀범벅이 돼버린 것이다. 그때 누군가 홱 하고 우표를 낚아챘다. 아주머니였다. 굼뜬 동작이 못마땅한지 입은 여전히 꾹 닫은 채로. 얼떨떨해하면서도 나는, 지금이 필살기를 써야 할 순간임을 본능적으로 알았다.

"뜨리마 까시, 짠띡(Trima kasih, Cantik)*!"

다급하게 외치는 나의 소리에 딱딱하게 굳은 아주머니의 표정이 확 바뀌었다. 움츠렸던 입술은 슬며시 웃음기를 띠고 양 볼은 발그레 부풀어올랐다. 한순간이었다. 심통스럽던 표정은 온데간데 사라지고 마치 봄날에 피어난 제비꽃 같은 얼굴이 되었다.

표정 하나로 인상이 이렇게 달라지다니. 이제까지 지레 겁먹고 뒷걸음친 인연들은 진짜 표정을 감추고 있었는지도 모른다. 심술궂어 보이는 그녀를 탓할 일이 아니었다. 나 역시도 냉랭한 얼굴을 하고 자랑스레 다녔을지도 모를 일이다.

내 얼굴에 부는 봄바람이 너에게 닿기를. 넝쿨째 내리쬐는 봄볕이 꽁꽁 언 당신의 표정을 틔워 주기를.

---

* 뜨리마 까시, 짠띡 (Trima kasih, Cantik): 우리말로 '고마워요, 예쁜이'라는 인도네시아어.

직업란에 쓸 선택지가 하나 더 늘어난 날

　나는 입국할 때마다 입국신고서에 직업을 매번 바꿔가며 써보는 취미가 있다. 물론 그 직업으로 돈을 벌어본 적은 없지만, 양심상 아예 무관한 걸 쓰지는 않는다. '서퍼'를 쓸 땐 적어도 혼자서 파도를 타게 된 후였고, '모델'을 적을 땐 아마추어 사진작가의 인물 모델을 해 준 뒤였으니까.

　그날은 스쿠버다이빙 자격증을 받는 날이었다. 인도네시아 발리에서 나흘동안 스쿠버다이빙 교육을 받은 후에 드디어 공식 다이버가 된 것이다. 이제는 세계 어느 바다에서도 다이빙을 할 수 있다는 사실과, 입국신고서에 쓸 또 하나의 직업 선택지가 생겼다는 사실에 내 얼굴엔 미소가 떠나질 않았다.

　자격증에는 며칠 전 증명사진이 필요하다며 다짜고짜 카메라를 들이미는 바람에 어정쩡하게 웃고 있던 내 얼굴이 실려 있었다. 사진을 바라보며 나오는데 다이빙샵 직원인 부디와 마주쳤다. 까무잡잡한 피부에 뭉툭한 코와 입술을 가진 현지인이었다. 다이버가 된 기념으로 현지 야시장에 가려던 길이었는데 부디라면 그곳을 잘 알 것 같았다.

"응, 알지. 거기는 왜?"

"저녁 먹으려고. 걸어서 가려고 하는데 어디에 있는지 알아?"

"걷기엔 너무 먼데."

"내 다리는 튼튼해서 웬만한 거리는 다 걸어갈 수 있어."

20kg이 넘는 배낭을 메고도 걸어 다니는데, 맨몸이라면 어디든 자신 있었다. 그는 아무리 그래도 걸어가는 건 불가능하다며 고개를 저었다. 지금이야말로 평소에 가보고 싶었던 야시장에 가볼 기회였는데 아쉬움에 발을 떼지 못하다 좋은 수를 떠올렸다.

"부디, 저녁 아직 안 먹었지? 내가 살 테니 네 오토바이로 같이 타고 가자. 어때?"

"그래."

부디는 어깨를 으쓱하며 오토바이에 열쇠를 꽂았고, 나는 재빨리 헬멧에 머리를 구겨 넣고 뒷좌석에 앉았다. 그의 말대로 야시장까지 걸어가기에는 무리였다. 인도가 들어설 자리도 없이 좁은 아스팔트 도로를 꼬박 20분을 달리고서

야 주차장에 도착했으니까.

커다란 천막 아래에는 작은 포차들이 전구를 켜고 다양한 음식을 팔고 있었는데, 인도네시아 서민 음식들과 무슬림들을 위한 할랄 푸드*, 해산물을 곁들인 요리, 쌀로 만든 달콤한 디저트까지, 없는 게 없었다.

한 바퀴 돌아본 뒤 우리는 한 곳에 줄을 섰다. 그 포차의 대표메뉴는 고기를 갈아 만든 미트볼 '박소'에 면과 육수를 부어주는 인도네시아 대중 음식이었다. 제멋대로 끝이 휘어진 쇠 포크와 숟가락을 집고 있으니 주인이 그릇에 뜨거운 육수를 부어 내게 내밀었다.

우리나라 사람들이 삼복마다 원기를 회복한다며 삼계탕을 찾듯이, 인도네시아 사람들도 뜨끈한 국물로 더위를 견디는 듯했다. 닭고기로 낸 육수는 진하면서도 깔끔했고, 돼지고기로 만든 완자도 식감이 탱탱해 면과의 조화가 훌륭했다. 한 입 더 떠먹는데, 앞에 앉은 서양인들이 말을 걸어왔다. 한눈에 봐도 피부색이 확연히 차이 나는 현지인 부디와 나의 사연이 궁금했나 보다.

"다이빙 샵에서 만났어. 얘가 거기 직원이거든. 나는 놀러 왔고."

"그렇구나. 우리는 근처 초등학교에서 영어를 가르치고 있어. 나는 재스민이고 이 친구는 프랭크."

그 옆에 앉아있던 외국인들도 저마다의 사연을 늘어놓으니 그곳이 한순간 여행자들의 사랑방이 되었다. 사누르**에서 지내면서 알게 된 식당 정보들이 떠들썩하게 테이블 위를 오고 갔고, 누군가의 나시고렝*** 찬사가 끝나갈 때쯤 재스민이 내게 제안했다.

"다음 주 금요일, 카사블랑카라는 술집이 있는데 거기로 와. 매주 끝내주는 맥주 대회가 열리거든."

술술 풀리던 대화가 잠시 끊겼다. 물론 나도 그들이 마음에 들었지만 당장 며칠 뒤도 어떻게 될지 모르는데 내가 이곳에 일주일까지 있으리라는 보장을 어떻게 한단 말인가. 나는 아마 다이버 자격증에 실린 증명사진처럼 어정쩡한 표정을 짓고 있었는지도 모른다. 그들이 바로 이런 말을 덧붙였으니까.

"전혀 부담 갖지 마. 우리도 기다리지 않을게. 만약 네가 나타나지 않으면 다른 곳으로 떠났다고 생각하지 뭐."

나는 그때 처음으로 여행자로서 존중 받는 기분이었다. 언제 어디로 떠날지는 여행자인 내가 결정하는 것이니, 죄책감 느낄 필요는 없었다.

헤어지기 전 재스민은 그녀가 만들었다는 명함을 내밀었다. 직접 쓴 여행기를 볼 수 있다는 웹사이트 주소 옆엔, 웃

---

* 할랄푸드: 이슬람교도들이 먹을 수 있도록 허용된 음식
** 사누르: 인도네시아 해안가 마을
*** 나시고렝: 동남아 지역의 볶음밥. 인도네시아의 국민 음식 중 하나

을 때 목젖까지 보이는 얼굴을 쏙 빼 닮은 캐리커처 그림이 실려 있었다. 그녀는 왠지 여행 뿐 아니라 인생도 누구의 강요 없이 오로지 그녀 뜻대로 살아갈 것 같았다. 스스로 길을 선택할 줄 아는 사람이 타인의 결정도 존중하는 법이다.

직업란에 쓸 선택지가 하나 더 늘어난 날, 인생의 교훈도 하나 얻었다. 누군가를 존중할 땐 조언이라며 간섭하지 말고 그가 내리는 결정까지 온전히 인정해주기.

콤비 할머니들의 비밀 아지트

사람이든 장소든 비밀을 간직하고 있으면 신비스러워 보이는 걸까. 사누르 해변은 손으로 직접 깎은 목각인형들과 나무 피리 같은 기념품들이 길에 진열된 평온한 곳이었다. 바람이 불면 청아한 종소리와 달그락거리는 나무 소리가 들려오기도 하는 곳. 모처럼 한가롭게 거닐고 있는데 반대편에서 할머니 두 명이 걸어왔다.

좋은 인상이었다. 작은 체구에 방실방실 미소를 머금은 표정이 멀리서부터 눈에 띌 정도였으니까. 가까워질수록 얼굴에 띤 웃음도 환해졌는데, 보기만 해도 절로 입꼬리가 올라가는 웃음이었다. 내가 인사를 드리기 전에 먼저 내게 인사를 건넨 것도 그렇고, 어디서 왔냐는 둥 이름은 뭐냐는 둥 이것저것 물으시는 것도 오랜만에 받아본 관심이어서 기분이 좋았다.

막바지에는 팔짱을 끼면서 자신을 '마마'라 부르라고까지 하셨으니. 나는 나도 모르게 숨겨진 또 한 명의 할머니를 만난 줄로만 알았다. 하지만 거기까지였다. 그 의심은 할머니께서 친히 거두어 주셨다.

"내가 하는 자그마한 가게가 있는데, 구경하러 안 갈래?"

할머니들이 본색을 드러내신 것이다.

"꼭 안 사도 돼. 그냥 구경만 하고 가."

나도 참 순진했다. 세상엔 공짜가 없다는 걸 알면서도 안 사도 된다는 말에 넘어간 것이다. 사실 시골에 계시는 할머니가 자꾸만 생각나는 바람에 마음이 약해진 탓도 있었다. 마음에 안 들면 정말로 안 살 거라며 구경만 하겠다고 하자 이때다 싶었는지 그들은 냉큼 나를 이끌었다.

할머니들은 나를 샛길로 데리고 갔다. 그 길로 들어서자 우거진 나무들이 주위를 둘러싸 외부와 완벽하게 차단된 마당이 나왔고, 마당을 둘러싼 몇 개의 상점들이 올망졸망 보였다. 잡다한 물건들을 그 앞에 잔뜩 쌓아 놓고서. 인기척에 가게 안에 있던 주인들만 고개를 비죽 내밀 뿐 구경꾼 하나 없는 이상한 곳이었다.

할머니가 가리킨 가게로 들어가니 할머니는 마음껏 둘러보라며 이것저것을 내게 들어 보이셨다. 반응이 시원치 않자 어떤 색을 좋아하나 물으시고는 내가 대답을 하기도 전에 사롱* 하나를 집으셨다. 그리고는 마음대로 내 어깨에 걸치며 다짜고짜 잘 어울린다고 칭찬하시는데, 가격이라도 싸면 모를까 몇 배나 비싼 가격으로 바가지를 씌우려 하니 점점 괘씸한 생각이 들었다.

안 사겠다며 자리를 뜰 참이었다. 발걸음을 떼려고 몸을 트는데 할머니의 표정이 순식간에 돌변했다. 방긋방긋 웃던 웃음이 싹 사라지고 눈썹을 치켜뜨며 내게 느닷없이 화를 내셨지만, 나도 지지 않았다.

"안 사도 된다고 했잖아요. 구경만 해도 된다고 해서 구경만 하고 가려는데 왜 화를 내세요?"

이 말이 역효과를 불러올 줄이야. 할머니 둘이 합세해 바락바락 소리를 지르기 시작하는데, "여기까지 와 놓고 왜 안 사느냐, 그러는 게 어디 있냐?"며 역정을 내는 목청들은 또 얼마나 좋은지, 카랑카랑 울리는 소리에 정신이 아찔해질 정도였다. 앙다문 입은 당장 물건을 사지 않으면 앞으로 먹을 몇 년 치 욕을 한꺼번에 퍼부을 기세였고, 번뜩이는 눈빛엔 이대로는 못 보낸다는 결연한 의지가 서려 있었다.

잘못 걸렸다고 생각하는 순간 거짓말처럼 내 눈에 사롱 하나가 눈에 띄었다. 석양을 떠올리게 하는 오렌지색 바탕에 분홍색과 검은색이 섞인 페이즐리 무늬의 화려한 사롱.

* 사롱: 크고 긴 천. 하반신에 둘러 치마처럼 입어도 되고 모래사장에 깔아서 써도 된다.

할머니들 기세에 기가 눌린 탓도 있었고, 뭐든지 하나는 사야 보내줄 것 같아 그럼 그걸 사겠다고 했다. 터무니없이 비싼 가격을 겨우 깎느라 또 한 번의 실랑이가 있었지만 결국 적당한 가격으로 합의를 봤다. 그러나 나를 곱게 보내줄 할머니가 아니었다.

"마마를 위해 한 개만 더 사줘."

어이가 없었다. 이러다가는 정말 끝이 없겠다는 생각에 단호히 고개를 저으며 거절했다. 그리고 다시 한번 발을 떼려는 찰나, 다른 할머니가 손목을 잡아챘다.

"이젠 내 상점에 갈 차례지?"

소름이 돋았던 건, 이대로 있다가는 가진 돈 다 털리겠다는 위기의식 때문이 아니었다. 지금까지 초보 티가 나는 여행자만 골라 끌고 와, 자신들의 비밀 아지트에서 한 탕씩 챙겼을 할머니들의 수법에 내가 제대로 걸려들었다는 깨달음 때문이었다. 지금이라도 도망쳐야 했다.

손을 뿌리치고 그대로 해변으로 달렸다. 좁은 샛길로 나와 잔잔한 바닷물과 바람에 흔들리는 드림캐처** 깃털들을 다시 보았을 때, 나는 마치 영화 〈센과 치히로의 행방불명〉에서 주인공 치히로가 어둡고 긴 터널을 지나 다시 현실 세계로 돌아왔을 때의 심정을 경험하는 듯했다.

마귀할멈에게 붙잡혀 꼼짝없이 일해야 했던 치히로처럼, 강매당하고 나서야 빠져나올 수 있었던 나. 둘 다 할멈이 장악하고 있는 세계에서 뒤도 돌아보지 않고 달려 빠져나온 것도, 제니바가 건네준 머리 끈을 현실로 가지고 나온 치히로처럼 내가 오렌지색 사롱을 들고나온 것도 비슷했다.

한 가지 다른 점이 있다면 터널 너머의 세계를 잊은 치히로와 달리 나는 그러지 못했다는 거다. 세계 어디에서나 사롱을 펼치면 사누르의 노을이 어룽졌고, 누군가 어디에서 산 거냐 물어올 때마다 나는 콤비 할머니들을 떠올렸다. 그들은 여전히 초보 여행자들을 노리고 있을까? 얼굴도 모르는 희생자들을 걱정하는 내 앞 해변엔 석양이 지고 있었다.

** 드림캐처: 아메리카 원주민들이 악몽을 걸러주고, 좋은 꿈만 꾸게 해준다는 의미로 만들었던 토속 장신구.

불나방

불나방이 불을 향해서 날아드는 습성은 불을 좋아해서가 아니라, 빛을 향해 날개를 일정한 각도로 유지하는 특성 때문이다. 내가 당신 주위를 빙글빙글 도는 이유도 당신이 좋아서가 아니라, 스쿠터 뒷좌석까지 굴러드는 당신의 숨소리를 느껴보는 습관 때문이다.

다음 날 아침 우붓행 버스 앞에서 한참을 망설였다. 당신이 말없이 태우던 담뱃재가 바람에 흩날리던 것처럼 눈빛이 흩어진다. 창문을 연다. 내게 밖을 내다 보는 습관 같은 건 없다.

내면이 뚫린 사람

낯선 도시에 빨리 적응하는 데엔 이리저리 돌아다니는 것이 최고다. 발바닥으로 지도를 만든다는 느낌으로 무작정 걸어봐야 눈에 익는다. 현지인처럼 오토바이를 피해 도로도 건너보고 마음에 드는 가게가 보이면 들어가 구경도 하면서.

"저기요(Excuse me)."

우붓에 도착한 지 얼마 안 되었을 때였다. 이제 막 걷기 시작한 나를 누군가 불러 뒤를 돌아보니 상투 머리를 튼 한 서양인이 있었다. 대답하려던 순간 지나가던 서양 여자가 끼어들었다.

"길 찾는 거야(Are you lost)?"

그녀가 맞았다. 그는 어딘가를 찾는 듯했고, 어느새 그녀는 핸드폰 속 지도를 켜고 있었다. 한순간 꿔다 놓은 보릿

자루가 되어버린 나는 망설이다가 그냥 내 갈 길을 갔다. 몇 분이나 지났을까.

"안녕하세요. 아름답다!"

느닷없이 들린 한국말에 놀라 고개를 홱 돌아보니 아까의 그 상투 머리 외국인이 오토바이를 타고 지나가는 것이었다. 내가 한국인인 건 어떻게 알았으며 저 단어들은 또 어떻게 아는 건지. 얼떨결에 놀란 나는 그에게 엄지를 치켜세웠고, 그는 갈색 하와이안 셔츠를 펄럭거리며 그대로 사라졌다. 별일도 다 있네.

나는 곧 햇볕을 피해 길을 건넜다. 상점에 들어가 도자기 인형을 요리조리 살펴보다 비싼 가격에 얼른 돌려놓기도 했고, 거리에서 파는 라탄 가방도 들춰보며 느릿하게 걷는 중이었다. 누군가 성큼성큼 나를 향해 다가왔다. 나는 한눈에 상투 머리를 알아보았다.

"어! 너 아까 나한테 길 물어봤던 애지?"

"맞아. 너한테 말 걸려고 했는데, 그 바보 같은 여자애가 끼어들었지 뭐야."

둘은 웃었다.

"뷰티풀(beautiful)이 한국어로 '아름답다' 맞아?"

"맞아."

"좋아. 그럼 너는 이제 '아름답다'야."

로렌조는 한국 이태원에서 무려 2년 동안 일했던 이탈리아인 요리사였다. 그래서인지 '아름답다' 말고 그가 기억하는 단어는 특이하게도 '시장'이나 '월요일' 같은 것이었는데, 그를 통해 그가 시장에 자주 다녔고, 그가 일했던 식당 휴일이 월요일이었음을 짐작할 수 있었다. 그는 나를 보고 단번에 한국인인 줄 알았다고 했다.

"그걸 어떻게 알았어?"

"한국 여자들은 예쁘고, 다들 이런 하얀 카메라를 들고 다니지."

그는 내 어깨에 멘 하얀 카메라를 가리키며 웃었다.

"스타벅스 뒤 사원 구경해 봤어?"

"여기에 스타벅스가 있어?"

그를 따라 조금 더 걸으니 거짓말처럼 스타벅스가 나왔다. 문을 열고 들어가니 바로 옆에 또 하나의 문이 있었고, 그 문을 열자 거대한 연못과 함께 사원이 나타났다. 연두색 연잎 사이로 햇빛이 분홍 연꽃과 함께 아른거리는 연못.

그가 아니었다면 발견하지 못했을 곳이었다. 우리는 사원과 연못이 한눈에 보이는 정자에 자리를 잡고 이야기를 이어나갔다. 그는 한 나라에 정착해 돈을 모으고 그 돈으로 또 다른 나라로 이동하며 지내는 중이었다. 벌써 수 년째라고 했다. 부럽다고 말하려는 찰나 그가 속삭이듯 말했다.

"집을 떠난 지 너무 오래됐어."

순간 비치는 그의 표정이 쓸쓸해 보였다. 고향을 그리워하는 것 같기도 했다. 지금까지 얼마나 많은 도시를 돌아다니며 얼마나 많은 언어로 '아름답다'나 '월요일' 같은 단어들을 새로 배워왔을까. 아무리 단어를 현지인처럼 발음한다고 해도, 아름다운 장소를 찾아내며 도시에 익숙해졌다 해도, 그는 정작 내면이 뚫린 사람 같았다. 쉴 새 없이 누군가와 메시지를 주고받았고, 영상통화를 하기 위해 연락처를 뒤지고 있었으니까.

언제든 자신이 묵는 호스텔로 숙소를 옮기라며 연락처를 주고 떠나는 뒷모습이 내게 그렇게 말하고 있었다.

운이 좋으면 거북이를 볼 수 있어

따르릉 종소리에 깜짝 놀랐다. 고개를 돌아보니 마차 한 대가 내게 돌진해오고 있었다. 비켜서지 않았더라면 그대로 부딪힐 뻔했던 속도로. 누군가 지나가면서 여기 길리 트랑 왕안에서 마차는 이곳의 자연을 보호하는 교통수단이라고 말해주었다. 놀란 가슴을 쓸어내렸다.

섬은 보기보다 규모가 컸다. 벗다시피 하고 돌아다니는 여행객들과 그들을 위한 음식점, 숙소, 스쿠버 다이빙샵들로 활기가 넘쳤다. 그곳을 지나 뜸해진 거리에서 미리 알아본 호스텔을 찾으려 두리번거리고 있을 때였다.

"그러지 말고 우리 숙소에서 지내."

호객하기에는 앳돼 보이는 소년이었다. 이미 여러 명의 호객꾼을 물리친 후였으나 그 아이가 내세운 조건이 솔깃했다. 개인 독채에 아침 식사는 무료, 해변에 있는 방갈로까지 쓸 수 있다고 했다. 하늘색과 짙은 코발트색으로 층층이 쌓인 바다가 한눈에 보이는 모래사장을 소년은 손가락으로 가리킨다. 가격도 깎아주겠다니 나는 당장 고개를 끄덕였다.

"운이 좋으면 거북이를 볼 수 있어."

"거북이를?"

짐을 풀자마자 곧장 물에 뛰어들었다. 아이보리색 모래와 상아빛 산호 그리고 그사이를 요리조리 헤엄치는 물고기들. 스노클을 물고 바다 속을 한참이나 구경하는데 저 앞에 검은 물체가 나타났다. 거북이였다. 흥분한 나는 오리발을 힘차게 퍼덕여 다가가려 했지만, 거북이는 그새 반대로 달아나고 말았다.

아쉬워 떠나지 못하고 그 자리를 맴도는 사이 또 다른 거북이가 등장했다. 이번엔 차분히 기다려 보기로 했다. 그랬더니 거북이가 먼저 다가와 산호도 뜯어먹고 숨을 쉬러 수면으로 올라와 고개를 내밀기도 하는 것이었다. 그것도 팔을 뻗으면 닿을 거리에서 말이다. 거기서 끝나지 않고 세 번째 거북이까지 나타났으니 오늘은 확실히 운이 따르는 날이었다.

바다에서 나오는 발걸음이 가벼웠다. 왠지 이 섬이 내게 행운을 마구 뿌려주는 느낌이랄까. 행운에 흠뻑 젖은 기분으로 숙소로 돌아가는 길, 아까 나를 호객한 소년이 눈에 보였다. 딱히 더 호객할 생각은 없다는 듯 바다를 향해 앉아 있는 소년의 모습에 여유가 넘쳐 보였다. 구름 몇 점이 한가로이 흘러간다.

그처럼만 산다면 하루하루가 행복할 것 같았다. 눈만 뜨면 그림 같은 풍경에, 운이 좋으면 볼 수 있다는 거북이도 얼마든지 볼 수 있을 테니까. 아무 걱정도 없이. 거북이 세 마리를 찾은 나보다 운이 좋은 건 어쩌면 그 소년일지도 모른다.

"이런 곳에 살고 있다니, 너는 운이 참 좋다. 부러워."

소년은 바다에서 눈을 거두고 나를 향했다.

"한국에서 태어난 당신이 더 운이 좋지요."

순간 머리에서 종이 땡! 하고 세차게 울려대는 기분이었다. 나는 바다를 보며 사는 소년을 부러워했고, 반대로 그 소년은 고층빌딩에 파묻힌 나를 부러워했다. 과연 누가 더 운이 좋은 것일까 생각하다 고개를 숙인다. 섬을 한 번도 벗어나 본 적 없다는 그 소년의 눈이 먼바다를 향하는 이유를 알 것만 같아서.

옭아맨 석양

태양이 진하게 타오르면 해변을 걷는다. 그런 날 발자국은 깊어서 보랏빛으로 물드는 기분이 발끝을 붙잡는다.

자리를 뜰 수 없었다. 이별 후 멍든 가슴도 그날의 석양 같다는 생각에…….

그리고 떠난 건 당신이 아니라 내가 등을 돌려버렸다는 사실이 떠오른다. 그래도 그리움의 감정은 어딘가를 떠돌고 있겠지. 해가 내려간 게 아니라 사실은 지구가 자전축을 따라 도는 것처럼.

네온사인

콜롬비아의 여름 밤, 나와 까밀리오는 거리를 횡보하고 있었다. 곧 있으면 축제가 시작될 거라며 기대하라는 그의 말에 귀를 쫑긋하면서. 한 클럽으로 들어서자 살사 음악이 스피커에서 흘러나왔다. 동시에 빨간 조명이 번쩍번쩍 빛나기 시작한다.

주위에서 환호를 지르며 너도나도 스테이지로 나선다. 물론 나도 동참했다. 항상 이 시간이 아니더라도 늘 음악을 달고 살았을 텐데 스테이지에는 남미 사람들이 바글거린다. 갑자기 남미인들이 부러워진다.

"까밀리오, 남미인들은 뭐든지 열정적인 것 같아. 나도 저들처럼 마음이 시키는 대로 살면 좋을 텐데."

"그게 무슨 말이야?"

"한국에서는 감정을 숨기는 경우가 많거든. 나는 내가 솔직한 편인 줄 알았는데 남들을 의식하고 있더라. 내 감정을 알면서도 모른 체 했다는 걸 알았을 땐 나 자신이 얼마나 실망스럽던지."

그는 동그란 눈을 크게 뜨며 나에게 반문했다.

"네가 자신을 스스로 모른 체 했다고? 지금까지 많은 동양인을 만났지만, 너처럼 자유로운 영혼은 흔치 않은 것 같은데?"

그의 미간이 꿈틀거리는 걸 보니, 어떻게 이야기를 풀어나가야 할지 고민하고 있나 보다. 갑자기 까밀리오가 정적을 깨고 내 옆구리를 쿡 찔렀다.

"코카인이야. 해볼래? 여기서는 마음만 먹으면 구할 수 있어. 사실 이건 돈 받고 파는 건데 너한테는 그냥 줄게."

"뭐? 코카인!?"

나도 모르게 소리를 질렀다. 평범한 대학생 까밀리오가 내게 마약을 권할 줄이야. 콜롬비아가 마약의 본거지라는 이야기가 괜히 나온 말이 아니었구나.

"나 한 번도 해본 적 없어. 하면…… 기분이 어때?"

약간의 호기심에 슬쩍 되물었다.

"좋지. 여기서는 흔해. 난 중학생 때부터 해왔는걸."

절로 들어온 기회에 마음이 흔들렸다. 그래, 내가 언제해 보겠어? 고개를 끄덕이려던 찰나 마약에 관한 다큐멘터

리가 떠올랐다. 호기심에 시작해 중독된 사람들. 다들 나처럼 한 번쯤은 괜찮다고 생각했겠지. 설마 나도 집에 돌아가지 못하고 길바닥에서 구걸하는 신세가 되는 거 아냐? 덜컥 겁이 났다.

"왠지 무서운데. 난 다음에 할게."

"왜 그래? 너드(Nerd)처럼? 콜롬비아 왔으면 이런 것 해봐야 하는 거 아니야?"

온화했던 까밀리오의 표정이 순식간에 굳어진다.

"아무래도 난 이만 가야 할 것 같아. 오늘 재미있었어, 까밀리오."

"아, WTF*. 한국 여자 진짜 재미없네."

갑자기 돌변한 그의 태도에 자리에서 일어났지만, 그는 더욱 나의 팔을 옥죄었다. 아뿔싸. 이곳에 내 편은 아무도 없다는 걸 알아차렸을 땐, 실랑이를 벌이는 우리에게로 그의 친구들이 다가오는 중이었다. 꼼짝없이 붙들려 있는 내 눈에 들어온 건 까밀리오 손에 들린 하얀 가루. 생각할 겨를도 없이 낚아채 그의 얼굴에 내던졌다.

외마디 비명을 지르는 그를 뒤로하고 나는 앞만 보고 달렸다. 클럽에서 빠져나온 메데인 거리는 여전히 술에 취한 젊은이들로 비틀거리고 있었다. 저 비틀거리는 움직임을 남미의 열정이라고 착각하다니. 누군가가 나를 부르는 듯한 소리에 뒤돌아보니 네온사인이 깜빡이며 소리를 내고 있었다. 까밀리오의 충혈된 눈동자처럼 붉은 불빛을 깜빡깜빡하면서······.

---

* WTF: what the f-word

호의의 가치

 카리브해 섬에 도착하던 날 바다는 기대와 달리 푸르죽
죽했다. 회색빛 하늘은 금방이라도 비를 떨어뜨릴 것 같았
지만 숙소 주인은 내일이면 괜찮아질 거라며 어깨를 으쓱했
다. 맑아질 것 같지는 않았지만 일단 숙소 주인의 말이 그러
하니, 내일 탈 골프카를 미리 빌려 놓기로 했다.

 다음 날 마치 짠 듯이 비가 내렸고, 그 비와 함께 어제 예
약한 골프카가 숙소 앞에 도착했다. 그나마 다행인 건 보슬
비였다는 거다. 도박엔 졌지만, 상대가 국밥이나 사 먹으라
고 용돈을 쥐여주는 느낌이랄까. 손등을 통통 튕겨 나가는
빗방울에 이 정도면 운전이 어렵지 않겠다는 생각이 들어
잽싸게 시동을 걸었다.

 동쪽으로 달릴 때만 해도 해변을 넘나드는 파도의 움직
임이라던가, 질주할 때 귓가에 들리는 바람 소리에 짜릿한

해방감이 느껴졌다. 그러나 그것
도 잠시, 빗줄기가 갈수록 굵어
졌다. 바람이 거세지면서 얼굴로
떨어지는 빗방울을 훔쳐내야 했
고, 군데군데 파인 웅덩이를 지
날 때마다 흙탕물이 허벅지까지
튀어 올라서 온몸은 이미 물 한
바가지를 뒤집어쓴 것 같았다.

그때였다. 누군가 내게 손을
흔들었다. 이 폭우에 무슨 일인
가 싶어 골프카를 세우니 중년
여성과 남자아이가 우산도 없이
서 있었다. 그들의 행색을 빠르
게 훑었다. 아주머니가 입고 있
는 얇은 갈색 재킷은 물에 흠씬
젖어 팔뚝에 달라붙어 있었고 그
뒤에 숨은 남자아이는 반팔 차림
으로 입을 꼭 다물고 있었다. 빗
방울이 연신 아이의 이마를 타고
눈썹에 맺히다 알알이 떨어지고
있었다.

무슨 사연인지, 언제부터 비를 맞고 있었는지 모르지만 차편이 필요한 것만은 확실했다. 아주머니의 스페인어와 간신히 입을 뗀 아이의 서투른 영어단어로 짐작하건대 시내까지 태워 달라는 뜻 같았다. 옆자리를 탕탕 치며 타라는 손짓에 아주머니는 살짝 끄덕이더니 아이부터 뒷자리에 앉혔다.

그때부터 시작된 어색한 침묵은 골프카가 덜컹거릴 때마다 다 같이 몸이 들썩이는 것으로도 깨지지 않았다. 긴 거리를 달리자 시내가 보였다. 어색한 침묵에서 벗어났다는 사실과 이제는 그들이 안전하다는 생각에 안도의 한숨을 내쉴 수 있었다. 마침 비도 수그러들었다.

다시 시동을 걸려고 하는데 아주머니가 내게 지폐를 내밀었다. 나를 택시 기사라고 생각한 모양이었다. 그냥 받아버릴까 하다가 손을 저었다. 내가 스페인어를 알아듣지 못할까 봐 영어로 건넨 남자아이의 감사 인사로 이미 충분했다. 그러자 그녀는 종이에 스페인어로 무언가를 적어 내밀었다.

숙소에 돌아오자마자 번역기를 돌려 한 글자 한 글자 해석해보다가 급한 성질을 못 이기고 숙소 주인에게 가져갔다. 거기엔 아주머니의 집 주소와 전화번호 그리고 보고타*에 오면 꼭 연락하라는 내용이 적혀 있었다. 언제든 환영이라는 말과 함께.

감사함보다 부끄러움이 몰려왔다. 그들은 나의 호의에 어떻게든 보답을 하려는 사람들이었다. 말로는 다 전할 수 없는 고마운 마음을 아주머니는 종이에 적어서 표현한 것이었다. 그날 밤 그녀의 집 주소와 언제든 환영이라는 스페인어를 잠들 때까지 바라보았다. 그리고 밤사이 또다시 폭우가 내렸다.

---

* 보고타: 콜롬비아 수도

로꼬*들과의 뽀뽀

식당에 들어서자마자 그들은 범상치 않았다. 처음 보는 내게 스스럼없이 인사를 건네는 일이나 자리를 잡은 내게 말을 거는 것이 그랬다. 하필 들어간 식당 컨셉이 정글이었는데 그들 주변에 늘어진 나무줄기가 어색하지 않은 건 그들의 옷차림 때문이었다. 남자들은 웃통을 벗은 채였고 여자들은 비키니만 입고 있었다. 마치 벽에서 튀어나오기라도 한 타잔과 제인처럼.

처음엔 같이 앉자는 그들의 청을 거절했다. 왜냐하면 맥주잔만 뒹굴고 있는 그들의 테이블에서 나 혼자만 식사하는 게 어쩐지 예의에 어긋나는 것 같았기 때문이었다. 그런데 그들은 오히려 나를 혼자 두는 게 예의에 벗어난다고 생각했나 보다. 괜찮으니 여기로 와서 먹으라며 거듭 권하는 것

---

* 로꼬(loco): '미친 사람'이라는 스페인어.

이었다.

딱히 안 될 건 없었다. 자리를 옮기자 그들은 기다렸다는 듯이 자신들을 소개했다. 아담한 체구에 똘망똘망한 눈을 가진 엘리자베스, 갈색 머리에 오뚝한 코를 지닌 엘레나, 인디오 피가 섞인 듯한 까무잡잡한 피부의 안드레아스, 벌어진 어깨에 조각 같은 얼굴의 루이스. 제인 둘에 타잔 둘. 이들은 어젯밤 보트를 타고 섬에서 하루 지새고 왔다고 했다. 그들의 말을 증명이라도 하듯 바닥엔 캠핑 장비들이 널려져 있었다.

"섬에서 본 밤하늘은 너무나 아름다웠어."

"맞아. 정말 최고였지."

그들의 말을 듣고 있으니 나도 덩달아 어젯밤이 떠올랐다. 까만 하늘에 촘촘하게 빛나던 별들. 우리가 같은 하늘을 봤을 수도 있었겠다는 말을 꺼냈다. 어쩌면 우리의 인연은 그 하늘에서부터 시작됐는지 모르겠다는 말도 했다. 갑자기 루이스가 나를 빤히 보며 묻는다. 그의 눈이 별처럼 반짝인다.

"한국인은 다 너처럼 예뻐?"

"응. 다 예뻐."

한바탕 웃음이 터졌고 나는 한 명 한 명에게 보답하듯 눈을 맞추며 말한다.

"너도 예쁘고 너도 예쁘고, 너희들 모두 예뻐."

국경을 초월한 칭찬과 사랑만큼 마음의 벽을 허무는 게 있을까…… 어느새 그들 틈에 낀 나는 그들과 자연스럽게 대화를 즐기게 되었다. 해변에 갈 거라는 내 말에 그들은 자신들이 아는 곳이 있다며 나를 데리고 함께 가주었다.

모랫바닥에 사롱을 깔자 여자 셋이 쪼르르 엎드려 수다를 떨기 시작했다. 남자들은 말없이 바다를 보고 있었다. 그런데 느닷없이 엘리자베스와 엘레나가 뽀뽀를 했다. 입과 입을 맞대고 "쪽" 소리를 내면서. 그러더니 남자건 여자건 가리지 않고 자기들끼리 뽀뽀를 하는 것이었다. 내가 기겁한 건 당연한 일이었다.

한국에서는 상상도 못 할 일이라고 하자 이곳에서는 친구끼리도 애정 표현으로 뽀뽀를 한다며 그들은 한 번 더 입을 맞추었다. 나는 잠시 당황스럽기도 했지만, 오히려 감정을 솔직하게 표현하는 그들이 편하게 느껴지기 시작했다. 있는 그대로의 감정을 꾸미지 않고 드러낸다는 게 멋져 보였던 걸까. 내게 뽀뽀해보라며 권하지만 않았다면 더 좋았을 텐데.

"뭐?"

"친구끼리니까 괜찮아. 한번 해봐."

순식간에 동양에서 온 여자애가 과연 자신들에게 뽀뽀를 할 것인가를 놓고 관심이 집중되었다. 궁금증과 기대를 안은 시선 속에서 문득 뽀뽀쯤은 아무것도 아니라는 대담한 생각이 들었다. 이 로꼬들. 눈 딱 감고 옆에 있던 엘리자베스에게 입을 내밀었다. 눈이 동그래지는 그녀. 동시에 모두가 환호하며 너도나도 뽀뽀해 달라고 야단이 났다.

"너희 미친 것 같아."

"맞아. 우린 약간 미쳤어."

순순히 인정하며 깔깔대는 모습에 나도 그만 웃음이 터져버렸다. 그들 입에서 나오는 로꼬라는 단어가 이토록 사랑스러울 줄이야. 있는 그대로 감정을 표현하는 그들의 솔

직함도 그렇고, 남이 어떻게 볼까 의식하기보다 오롯이 내가 행복한가에 중점을 두는 삶의 방식도 마음에 들었다.

"너도 우리랑 어울리는 걸 보면 제정신은 아닌 거야."

로꼬는 로꼬를 알아보는 걸까. 나도 어느샌가 이들과 함께 깔깔거리고 있었다. 내 행복을 우선시하는 걸 미쳐야만 할 수 있다면 기꺼이 사랑스러운 로꼬로 살겠다. 감정을 숨기며 제정신으로 사는 삶에는 뽀뽀도 행복도 없을 테니까.

오아시스는 사막에만 있는 줄 알았다

먼지만 폴폴 날리던 흙길을 걸을 때였다. 가파른 산을 오르는데 골짜기 밑바닥에 초록빛 수풀 속 작은 마을이 보였다. 사람들은 그곳을 오아시스 마을이라고 했다. 마을 사람들은 그곳에 집을 짓고, 물을 길어 올렸다. 여행객들이 쉬어가도록 파란 인공 풀장도 만들어 놓았다.

마른 목을 축이며 생각에 잠긴다. 그 사람들은 쉬어가는 일이 오르는 것만큼 중요하다는 걸 알고 있었던 것일까? 그랜드캐니언보다 두 배나 깊은 협곡에 수영장을 만들어낸 사람들의 열정과 타인에 대한 배려심에 새삼 머리가 숙여졌다. 나는 지금껏 오아시스는 사막에만 있는 줄 알았다.

중국인도 모르는 중국어

그녀와는 에콰도르 버스터미널 화장실에서 만났다. 검은 생머리에 큼지막한 눈코입을 가진 홍콩 출신인 그녀는 남미 여행 중 처음으로 본 동양인이었고, 그건 나를 본 그녀도 마찬가지였다. 우리는 자연스레 시내까지 동행했는데, 그사이 해가 떨어진 탓에 거리는 이미 어두워져 있었다.

밤에는 나가지 말라는 호스텔 직원의 말을 머리로는 충분히 이해했지만, 본능은 이해하지 못했다. 둘 다 국경을 넘어오느라 저녁을 걸렀기 때문이었다. 대로에 있던 중국음식점은 잉(Ying)이 먼저 발견했다. 빨간 간판에 노란색으로 쓰여 있는 중국어를 보자마자 그녀는 마음을 뺏겨버렸고, 나도 오랜만에 먹는 중국 음식이 싫지 않았다.

문을 여니 주인이 우리에게 고개를 끄덕이며 인사했다. 에콰도르 현지인들은 식사하다 말고 우리에게 흘끗 시선을 던졌다가, 이내 다시 고개를 돌렸다. 메뉴판에는 스페인어, 중국어와 함께 다행히 사진도 실려 있어서 나는 새우튀김을 골랐고 잉은 볶음밥을 주문했다.

음식을 기다리는 동안 천천히 실내를 둘러보았다. 카운터에는 금실로 '福'이 새겨진 빨간 복주머니가 달려 있었고, 그 옆에 고양이 인형 마네키네코*가 한 손을 들고 있었다. 중국음식점에 일본 고양이라니, 동양적인 분위기를 낼 수만 있다면 뭐든 가져다 놓은 게 상술 좋은 중국인답다고 생각하는 찰나 음식이 나왔다.

달짝지근한 소스로 덮인 새우는 약간 느끼했지만, 한국에서 먹었던 칠리새우의 맛이 느껴질 정도로 비슷했다. 볶음밥도 쌀밥에 현지 채소들을 달걀과 함께 휘휘 저어 볶아 담백했다. 간만에 맛보는 익숙한 맛에 둘은 숟가락과 젓가락을 바쁘게 움직였다.

한참을 먹고 있는데 건너편 식탁이 무언가 수상쩍었다. 현지인들이 우리를 훔쳐보며 쑥덕거리는 것이었다. 어두워서 표정이 잘 보이지 않았지만 기분이 몹시 언짢아졌다. 밥 먹을 땐 개도 안 건드리는 법인데 이렇게 인종차별을 당하다니, 목구멍으로 넘어가던 새우가 도로 콧구멍으로 나올 것만 같았다. 그들은 그렇게 한참을 속삭이더니 불쑥 우리

---

* 마네키네코: 복을 부른다는 고양이 장식물. 일본 가게에서 흔히 볼 수 있다.

를 향해 중국어 몇 마디를 던졌다.

홍콩 출신인 잉은 광둥어를 쓰고, 한국인 나는 한국말을 쓰니 처음엔 둘 다 무슨 말인지 알아듣지 못했다. 그나마 나보다 중국어에 익숙한 잉이 고개를 한차례 갸웃거리더니 대강 우리가 예쁘다고 말하는 것 같단다. 뭐? 놀라 그들을 쳐다보니 그들이 쑥스러워하며 흘끔흘끔 우리의 반응을 살피고 있는 게 아닌가.

"잉, 우리 대답해주자."

"언니, 중국어 할 줄 알아?"

할 줄 알기는. 나는 중국어로는 내 이름도 겨우 말하는 수준이었다. 그들도 중국어를 못하기는 마찬가지 아닌가. 어차피 우리를 중국인으로 알고 있으니 아무 말이나 해도 그들에게는 중국어처럼 들릴 거라는 계산이었다. 다른 건 몰라도 성조는 제법 흉내 낼 순 있었으니까.

"쭈워니쌍~커! 뚜에호치 랄리마.**"

엉터리 중국어를 능청스럽게 내뱉는 모습에 잉은 고개를 숙여 쿡쿡 웃음을 참았지만, 현지들에게는 중대 사안이었나 보다. 그들은 바로 머리를 맞대고 긴급회의에 돌입해 과연 내가 한 말이 무슨 뜻이었을까 해석하느라 열을 올리는 것이었다. 말을 했던 나 조차도 모르는 중국어에 우리들이

** 쭈워니쌍~커! 뚜에호치 랄리마: 저자가 중국인처럼 보이려고 아무렇게나 내뱉은 중국어. 실제로는 아무 의미가 없다.

킥킥거리고 있을 때, 그들이 급히 외쳤다.

"워 아이 니(사랑해요)!"

이래 봬도 제2외국어로 중국어를 배운 나였다. 그 정도는 충분히 알아들을 수 있었다. 나는 최대한 태연스러운 표정으로 고개를 끄덕이며 화답했다.

"씨에씨에(고마워요)."

밖으로 나오자마자 우리 둘은 참았던 웃음을 터뜨렸다. 현지인 셋이 테이블을 손으로 내려치며 환호하는 소리가 바깥까지 들려왔다. 난데없는 사랑 고백에 기분이 조금 달짝지근해진 것 같기도 했다. 숙소로 돌아가는 길은 여전히 어두웠지만, 더는 무섭게 느껴지지 않았던 걸 보면.

에콰도르 경찰관

무더운 여름, 여수 오동도에서 나오는 길. 기차에서 밤을 새우고 아침부터 걸은 탓에 우리는 꽤 지쳐 있었다. 배도 고프고 물도 떨어지던 차였는데 경찰차가 섬으로 들어가는 것이 보였다. 경찰은 민중의 지팡이 아니던가. 나와 친구는 눈을 마주치고 다시 되돌아 나오는 경찰차를 향해 누구랄 것도 없이 손을 흔들었다.

빨간불과 파란불이 번갈아 깜빡이는 경광등을 보자 그때가 떠올랐다. 물론 지금은 상황이 다르다. 이곳은 한국이 아닐뿐더러 에콰도르 경찰은 국민의 안전보다는 돈을 더 밝힌다고 하지 않는가. 그래도 한국의 여수에서의 상황과 같은 점이 있다면 이동 수단이 절박하게 필요하다는 것이었다. 택시에서 내릴 때 기다려주겠다는 기사의 호의를 거절한 게 실수였다면 실수였다.

천사상이 세워져 있는 파네시죠 언덕은 빈민가라서 항상 주의를 기울여야 한다. 그런데도 해 질 녘에 오른 이유는 그곳에서 키토* 야경을 360도 내려다보기 위해서였다. 입을 벌리고 화려한 불빛들을 감상할 때만 해도 걱정은 없었다. 올라가는 방법이 있다면 내려갈 방법도 있다고 생각했으니까. 그러나 막상 정신을 차리고 내려갈 방법을 찾다 보니, 우리만 타고 내려갈 차가 없었다.

"혹시 버스 정류장이 어디 있는지 아시나요? 택시는 아무리 기다려도 오지 않아서요."

막상 태워 달라는 말은 못 하고 빙빙 둘러 물으니 경찰관은 대꾸도 없이 동료와 이야기만 나눈다. 영어를 못하는 건가. 그들의 까무잡잡한 피부가 어둠에 묻혀 더 거뭇하게 보인다. 함께 올라온 홍콩 여행자 잉이 커다란 눈망울을 깜빡이며 내게 속삭인다.

"언니, 우리 괜찮은 거야?"

"조금만 기다려봐. 생각이 있어."

하지만 불안한 건 나도 마찬가지. 설령 태워준다고 해도 우리를 팔아넘길 수도 있고, 한국 대사관에 연락해 돈을 뜯어낼 수도 있지 않을까. 눈알을 굴리며 그들의 동태를 살피는데 한 경찰관이 차 뒷좌석을 가리켰다. 우리가 기뻐했던

---

*키토: 에콰도르 수도

건 이곳에서 강도를 당하느니 차라리 경찰에게 납치되는 게 나을 거라는 생각 때문이었다. 운전석과 뒷좌석을 가로막은 철창 때문에 순식간에 범죄자가 된 기분이 들기도 했다.

창밖을 내다보았다. 희미한 가로등이 깜깜한 언덕길을 밝히고 드문드문 떨어진 집들이 그사이 서 있다. 인생은 멀리서 보면 희극이고 가까이서 보면 비극이라더니, 멀리서 내려다볼 땐 아름답던 야경의 실상은 초라하기 그지없었다. 이렇게 어두운 곳에서 살아가려면 더 밝아야 할 텐데 몇 개 없는 가로등이 힘겨워 보인다.

"여기에 사는 사람들은 힘들겠어요. 밤에는 이렇게 어두운데, 여기까지 걸어 올라와야 하니까요."

나의 이런 동정 섞인 말에 그들은 약간 자존심이 상한 것 같았다.

"네. 하지만 어쩌겠어요. 그래도 살아야죠."

연민에 공감하는 대신 딱 잘라 선을 긋는 경찰관. 가난이 도처에 만연한 까닭에 더 이상 동정심이 들지 않았던 걸까, 안쓰럽게 여기는 마음은 아무 도움이 되지 못한다는 걸 알기 때문이었을까. 매정하게 들렸지만 곰곰이 생각해보니 지극히 현실적인 대답이었다. 아무리 그들의 고달픔을 헤아려 준다 한들 삶을 살아내는 건 그들의 몫이니까.

"여기서 내려줘야 할 것 같은데? 더는 차가 막혀서 못 들어가요."

그들은 구불구불한 내리막길 끝에 차를 세웠다. 그들 경찰관 덕분에 우리는 어두운 언덕에서 밝은 시내까지 안전하게 내려올 수 있었다.

"덕분에 안전하게 잘 왔어요. 고마워요!"

잉과 나는 지도를 켜 숙소로 향하는 길을 찾았다. 달이 유난히 환하게 비추고 있었다. 우리를 한참이나 지켜보던 경찰관들을, 그렇게 친절한 사람들을 잠시나마 의심했던 우리가 부끄러운 밤이었다.

연약한 불빛들로 깊어가는 키토의 밤, 연민의 감정으로 차오르던 그날의 밤, 그리고 세상에는 아직도 친절과 배려가 넘쳐난다는 걸 느낀 밤이었다.

2부

작용과 반작용

인생은 데쓰로드 같이

볼리비아에 도착한 다른 여행자들은 어떨지 모르겠지만 나는 데쓰로드로 곧장 달려갔다. 말로만 듣던 낭떠러지를 내 두 눈으로 확인하지 않으면 궁금해 못 견딜 지경이었으니까.

산악자전거를 한 번도 타 본 적 없다고 하면 빌려주지 않을 거라고 생각했건만, 여행사 직원은 내게 보호장비를 채워주고는 무작정 내리막길을 달리게 했다. 그것도 화물차 트럭과 승용차들이 쌩쌩 달리는 고속도로로 말이다.

혹시나 차에 부딪힐까 봐 걱정했는데 노련한 현지 운전사들을 얕봤나 보다. 줄지어 내려가는 자전거들을 요리조리 피하는 걸 보면 그들은 가히 신의 경지에 달한 사람들이었다. 그에 반해 나는 겨우 앞사람 뒤꽁무니만 쫓기에도 바빴다.

데쓰로드는 아스팔트 구간이 끝나자마자 펼쳐졌다. 볼리비아 수도 라파스와 서북지역을 연결하는 이 도로는 1995년 미주개발은행이 세계에서 가장 위험한 도로로 선정하면서 명성을 얻었다. 바로 옆이 낭떠러지인데도 폭이 3미터가안 돼 20여 년 전만 해도 매년 200~300명의 사망자가 나왔기 때문이었다.

명성대로 낭떠러지 밑은 아득했고 길도 울퉁불퉁했다. 가이드가 안내하는 곳은 한눈에 봐도 위험한 산길이었다. 아니 산길이라기보다는 자갈길이라는 말이 더 어울리는 곳. 여기서 고꾸라지면 크게 다치거나 절벽으로 떨어져 죽을게 뻔했다.

"여기 너무 위험해 보인다. 도저히 못 타겠어."

"아냐, 탈 수 있어. 지난번 동양인 여자애도 끝까지 달렸

는걸."

아마 그 애는 목숨이 두 개이거나 산악자전거 경험이 많은 모양이었다. 사실 나는 평범한 일반 자전거도 잘 못 탈뿐더러 산악자전거는 더구나 처음이라고 설명했다.

"괜찮아. 그럼 내가 뒤에서 따라갈게."

나는 난처해져서 얼굴을 찡그렸고 괜히 머뭇거리기 시작했다. 조심스레 가이드에게 사고가 난 적은 없었냐고 물었다. 역시나 며칠 전에도 누군가 넘어져 팔이 부러졌단다. 그런데 가이드는 이상하게 고집을 피웠다.

"위험해 보이는데. 그냥 차 타고 내려갈래."

나는 자전거 페달에서 발을 떼고 안장에서 내려왔다. 딱 봐도 위험한 게 분명한데 왜 타라고 하는지 구시렁거리면서. 가이드는 내 투정을 가만히 듣더니 나를 빤히 쳐다본다.

"너 한국이라는 먼 나라에서 왔잖아. 이곳에서 잊지 못할 경험을 하게 해주고 싶어서 그랬지. 어린애도 잘 타길래 나는 너도 탈 수 있을 거라고 생각했는데……."

시무룩해진 그의 표정을 보니 나는 왠지 느리게라도 달려야 할 것만 같았다. 안장에 올라 격렬하게 흔들리는 진동을 온몸으로 받는 나를 보던 가이드 페드로가 다가와 말한다.

"사실은 길이 험해도 느리게 가는 것보단 빠르게 가는 게 더 편해."

충격을 흡수해주는 쇼바가 있으니 믿고 속도를 내라는 것이었다. 데쓰로드에서는 빠른 속도가 느린 것보다 더 안전하단다. 그 말을 듣자 몽롱하던 정신이 갑자기 맑아지는 느낌이 들었다.

페달을 힘차게 밀었다. 갑자기 빨라진 속도에 덜컥 겁이 났지만, 아슬아슬하던 중심이 바르게 잡히고 안정감이 생겼다. 자신감이 붙으면 더 이상 우둘투둘한 지면도 겁나지 않고 다리로 튀어 오르는 돌들도 개의치 않을 거라던데, 과연 가이드가 한 말은 사실이었다.

다시 낭떠러지 구간이 나왔다. 옆으로 고꾸라질 것 같다는 걱정이 무색하게 평지를 달리는 것처럼 주행은 매끄러웠다. 위험해 보이던 자갈길도 더이상 무섭지 않았다. 그동안 두려움에 눈앞이 가려져 안전 장비가 있다는 걸 깨닫지 못하고 있었구나. 지레 겁먹고 돌들을 일일이 피하는 동안 내가 얼마나 뒤처졌을까. 갑자기 가이드가 쌩하고 나를 지나친다.

가이드를 뒤쫓자 그제야 스릴이 느껴진다. 언제 떨어질지 모르는 절벽 옆에서 스릴이라니. 그 짜릿함을 즐기면서, 튀어 오르는 돌들이 꼭 살면서 튀어나오는 문제들과 비슷하다는 생각이 들었다. 적당히 튀어 오르는 돌들이 있어야 달리는 맛이 살듯, 적당한 장애물이 있어야 인생도 살 맛이 나는 것 아닐까?

"페드로, 나 이제 잘 달리지?"

어느새 그의 뒤를 바짝 뒤쫓은 내가 소리쳤다. 자전거 바퀴로 부딪히던 돌들은 힘없이 나가떨어졌다. 고민도 내가 어떻게 대처하느냐에 따라 나가떨어지기도, 반대로 내게 달려들기도 할 것이다. 쇼바를 믿었던 그날처럼 나는 자신을 믿고 부딪혀 보기로 했다.

인생은 원래 데쓰로드 같이 아슬아슬한 낭떠러지를 달리는 일이니까.

우로족의 전략

배가 다니는 호수 중 가장 높은 호수, 티티카카호. '우로족'은 해발 3,810m에서 외부 세력이 침략해 올 때 싸우지 않고 몸을 피했다. 티티카카로 들어가 '타타로'라는 갈대로 섬을 만들어 생활했고, 그 기지 덕에 우로족은 살아남을 수 있었다.

바다 같은 호수에 떠 있는 수십 개의 섬. 여느 도시처럼 거기에도 집이 있었고 아이들이 있었고 학교가 있었다. 몸을 숨기려고 만들었던 갈대 섬이 결국 그들의 터전이 된 것이다.

모든 문제에 꼭 맞서 싸울 필요는 없다고 생각한다. 내게 해로운 사람과 불편한 상황은 붙잡고 끙끙댈 게 아니라, 저들처럼 차라리 피해버리는 게 나을지도 모르겠다고. 햇살이 강한 날이었다.

해골이 그려진 표지판

공기 맑은 날, 남산 꼭대기에 오르면 멀리 인천 앞바다가 보인다. 도심에서 바다를 보니 답답했던 마음이 뻥 뚫리는 것만 같고 기분도 상쾌해지는 것 같다. 평소엔 숨겨져 있는 곳을 본다는 사실에 묘한 짜릿함마저 느꼈는데, 멕시코 '엘 핏' 세노테*에서도 그런 기분을 느낄 수 있었다.

바다 밑으로 가라앉으면서 위를 올려다보면, 물이 어찌나 깨끗한지 태양으로부터 쏟아지는 빛이 그대로 보였다. 어른어른하다 합쳐지는 빛줄기들을 보고 있는데 순간 시야가 흐릿해졌다. 가이드 헤라르도가 미리 설명하지 않았더라면 나는 마스크를 붙잡고 허둥댔을지도 모른다.

바닷물과 민물이 만나게 되면, 밀도 차이로 서로 나누어지게 되는데, 그때 두 층으로 나누어진 경계에서 빛의 혼합

---

* 세노테: 석회 암반이 함몰되어 드러난 천연 샘.

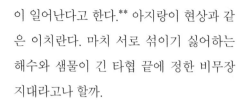

이 일어난다고 한다.** 아지랑이 현상과 같은 이치란다. 마치 서로 섞이기 싫어하는 해수와 샘물이 긴 타협 끝에 정한 비무장지대라고나 할까.

시야가 다시 깨끗해지나 싶었는데, 밑바닥에 깔린 안개가 보였다. 땅이 무너질 때 떨어진 나무들이 썩으면서 만들어내는 황화수소 때문이었다. 황화수소는 다량을 흡입할 경우 호흡정지를 일으키기도 하는 독성 기체이다. 물속에서 내가 공기통을 메고 있지 않았더라면 근처에 갈 일은 절대 없었을 것이다.

가이드를 뒤따라 바다 안개를 뚫고 내려가니 캄캄한 동굴이 나타났다. 그곳에서 가이드가 랜턴을 켰다. 개미굴처럼 여기저기로 이어진 길이 보였고, 한 통로 앞에는 표지판이 세워져 있었다. 무언가를 경고하듯 해골이 그려진 표지판이었다.

세노테는 다른 평범한 바다 속과는 달리 길이 꼬여 있어 전문가조차 종종 길을 잃는다고 한다. 정해진 길을 거부하는 이에겐 늘 위험이 도사리는 걸까. 표지판 앞에서 주춤하는 내게 가이드가 랜턴을 넘긴다. 눈썹을 치켜올리며 눈을 동그랗게 떴다. 염분약층을 지나고 황화수소층까지 뚫고 내려왔다는 건 이미 우리가 권장수심을 넘어섰다는 얘기였다.***

이렇게 깊은 물 아래로 내려온 적은 처음이었다. 길을 잃기 쉬우니 함부로 들어가지 말라고 하는 경고판 앞에서, 좁고 캄캄한 동굴로 들어가며 나를 앞장세우겠다니! 미쳐도 단단히 미쳤다고 생각했다. 그런데 진짜 미친 사람은 나였다. 가이드가 넘긴 랜턴을 자연스럽게 받아 앞으로 나아가고 있었으니까 말이다.

침을 꼴깍 삼키고 랜턴 불빛을 앞으로 향했다. 나는 발길질하며 천천히 동굴 속의 바다 밑으로 내려가는 중이었다. 불빛은 직선으로 뻗어 종유석들을 스쳐 동굴 속으로 사라졌다. 여기서 갑자기 불을 꺼보면 어떨까하는 엉뚱한 생각이 들었다. 가이드는 아마 내가 이 정도까지 미쳤는지는 몰랐을 것이다. 나조차 이런 당돌한 호기심이 들 거라고는 예상치 못했으니까.

딸깍 전원을 껐다. 순식간에 덮쳐오는 수심 40m에서의 암흑이라니! 눈을 뜨고 있어도 아무것도 보이지 않아 나는 그대로 얼어붙었다. 겁이 나 랜턴을 다시 켜려는 순간, 가이드가 내쉬는 공기 방울 소리가 들려왔다. 돌발행동엔 놀랐지만, 어둠 속에서 가만히 내 다음 행보를 기다리고 있었던 그 역시도 나처럼 예측 불가능한 상황을 즐기는 것 같았다. 전원을 켜니 헤라르도가 나를 향해 씩 웃고 있는 게 보였다.

되돌아 나오는 길, 해골이 그려진 표지판을 다시 지나치며 생각한다. 정해진 길을 거부하는 게 헛된 일만은 아니라는 생각. 정해진 길을 벗어나 보지 않았더라면 나는 아마 평생 한국을 떠나보지도, 다이빙을 배워 수중동굴을 탐험해보지도 못하고 인생을 마감하게 될지도 모를 일이다. 모험을 할 때마다 민물 같은 나의 삶에 소금 같은 경험이 녹아들면서 내 삶의 밀도가 단단해 진다는 생각이 들곤 한다.

맑은 물로 올라오자 떠오르는 방울 위로 빛 알갱이들이 쏟아져 내렸다. 이전보다 농밀해진 나의 삶을 축하해주는 것만 같다. 가이드가 나를 내려다보며 괜찮냐는 수신호를 했다. 나는 그에게 최고라는 수신호로 답하며 고개를 끄덕였다. 앞으로도 이런 저런 모험으로 더 단단해질 나의 삶을 기대하면서.

** 이러한 층을 '염분약층'이라고 한다.
*** 어드밴스드 다이버(Advanced Open Water Diver)의 권장수심은 30m, 최대수심은 40m이다.

작용과 반작용

　　중남미 사람들은 남들에게 무언가 선보이는 걸 좋아한다. 지역의 특산품부터 시작해서 심지어 미인대회 후보들까지 무엇이든 일단 퍼레이드 카에 태우고 본다. 그래서 아무런 정보 없이 다녔어도 종종 퍼레이드를 맞닥뜨리게 되는데, 그중에는 전국적으로 큰 행사도 있었고 소도시의 작은 축제도 있었다.

　　멕시코 와하카 시장에서 파파야 슬러시를 사 먹고 나오는 길, 시내 어디에선가 퍼레이드가 시작된 듯싶었다. 음악 소리를 따라가 보니 과연 거리 가득 퍼레이드가 펼쳐지고 있었다. 제일 먼저 눈을 사로잡은 건 무희들이 입고 있는 형광펜 같은 옷들이었다. 한 손으로 바구니를 머리에 이고, 다른 한 손으로는 치마를 펄럭이는데, 그 모습은 마치 꽃봉오리가 피어나는 것 같았다.

자세히 보니 무희들은 그냥 펄럭이는 게 아니었다. 허리를 확 틀었다가 되돌아오는 반동의 힘을 팔에 싣고 있었다. 그럴 때마다 넓게 퍼지는 치마를 보며 우리네 삶도 똑같다는 생각이 들었다. 무엇이든 비틀어지는 순간은 고통스럽지만 아픔을 겪고 나면 한층 사고가 넓어지니까. 넓어진 사고가 펄럭이는 치마처럼 새로운 바람을 일으킨다는 것도 똑같은 게 아닐까.

깨달으면 반짝인다

세계 7대 불가사의라고도 알려진 치첸이트사 유적지에서 가장 높은 엘 카스티요는 동서남북 4면으로 각각 91개의 계단이 있다. 계단의 수를 모두 합하면 364이고, 맨 위 쿠쿨칸 신전 제단까지 합하면 총 365이다. 그 옛날 그 마야인들은 그런 돌 하나하나를 무슨 생각을 하며 쌓았을까?

삶은 무언가를 믿는 것이다. 무신론자는 신이 없다고 믿는 사람들이고 유신론자는 이런 저런 대상을 믿는 사람들이다. 마야인 역시도 신을 그들의 삶 중심에 두었다. 그들이 천문학에 밝았던 이유도 그것으로 신의 뜻을 해독할 수 있다고 믿었기 때문이었다. 365일 태양, 달, 금성, 별들의 위치를 기록하면서 그들은 자신들의 운명을 해석했다.

운명에 따른 삶은 매일 바뀌겠지만, 하루하루가 비슷하게 느껴졌던 이유는 지금 이 순간조차 부지런히 움직이는 천체들 덕분인 것이다. 그 사실을 깨달으면 들이마시는 한 숨의 공기도, 솜털에 불어오는 바람도, 나뭇잎이 땅으로 떨어지는 소리도 일순간 어떤 의미를 갖게 된다. 별들의 춤사위는 사실 매일 매일 동일하지만, 그런 의미를 부여하고 보게 되면 새삼 오늘과 내일이 다르게 보일 것이다.

오늘이 별다르지 않게 느껴지는 날, 어제와 같은 일상이 반복되는 기분이 들 때면 나는 마야인처럼 밤을 기다려 하늘을 올려다본다. 별들의 춤사위는 결코 어제와 같지 않다. 매일 밤 달은 기울었다가 차고, 별들은 저마다 원을 그리며 공전하고 있다. 그런 깨달음 덕분일까. 카스티요의 별들이 더욱 반짝인다.

기억을 그려 넣는 습관

당시 나는 여행자들에게 사진을 구걸하고 있었다. 카메라 렌즈가 고장이 났는데, 하필 핸드폰도 잃어버린 상황이라서 사진을 찍을 수 없게 된 것이다. 카메라를 새로 사자니 부담이 되고 그렇다고 사진 한 장 없이 파타고니아*를 다니자니 후회가 될 것 같았다.

모레노 빙하 앞에서는 아르헨티나인 커플에게, 엘 찰텐에서는 스페인 친구에게 사진을 부탁하면서도, 나는 한편으로는 내 눈에도 그 광경들을 담았다. 가장 좋은 렌즈는 사람의 눈이라고 했던가? 페루 호스텔 옥상에서 그림을 그리던 여행자의 말이 생각난 건 피츠로이 산봉우리 앞에 서 있을 때였다.

---

* 파타고니아: 남아메리카 대륙의 남쪽 끝. 칠레와 아르헨티나의 영토가 이루고 있다.

"기록 때문이 아니라 나는 기억을 위해 그림을 그려."

기억을 위해 그림을 그린다는 건 어떤 뜻일까. 남는 건 사진밖에 없다고 믿던 내게는 낯설었던 문장. 어차피 카메라는 없고 시간은 많으니 그녀를 따라 다니며 나도 풍경을 그려 보기로 했다.

시간이 꽤 걸리는 작업이었으나, 막바지에는 세밀하게 깎여진 암벽의 질감과 날렵하게 솟은 봉우리 형태가 눈을 감아도 또렷하게 떠올랐다. 호수로 떠밀려온 빙하의 얼음조각 하나를 집었을 때의 촉감은 놀라운 경험이었다. 나는 그 얼음이 손안에서 녹아내리는 느낌까지도 내 기억 속의 카메라에 담았다.

사진을 찍었더라면 몰랐을 감각들이다. 셔터만 누르고 바로 등 돌려버렸을 테니까. 무엇이든 시간을 들이면 그 시간 동안 발견한 감각들이 씨줄과 날줄로 엮인다. 촘촘하게 짜인 감각들이 많을수록 기억은 오래 남고 선명하다. 피츠로이 기억이 선명한 것이 그렇고, 구불구불한 길이 더 진하게 기억되는 이유가 그렇다.

사진기가 있어도 나는 종종 펜을 들었다. 내가 정말로 간직하고 싶었던 건 풍경이 아니라 풍경 앞에서 느낀 감각들에 얽힌 감정인지도 몰랐다. 빛은 카메라 감광막에 닿아 화학변화를 일으키지만, 손은 감각을 엮어 머릿속에 기억을

그려 넣었다. 손등에 스치는 바람과 시리도록 푸른 여행자
의 눈빛까지도.

캠프장 계급사회

산행 경험이 꽤나 쌓인 나는 이제 산에 화장실이 없어도 몰래 볼일을 해결 할 수 있고, 시큼한 땀 냄새가 진동하는 텐트 안에서도 무덤덤하게 지낼 수 있다. 나름 베테랑 산행자라고 생각하는데, 그런 나도 감당할 수 없는 것이 하나 있다. 다름아닌 갑자기 몰아치는 비바람이다.

더블유 트레킹* 첫날의 목적지 그레이빙하에 다녀오는 것만으로 나는 만신창이가 됐다. 저 멀리 캠프장이 보이자마자 주저앉고 싶었지만, 나를 위해 텐트를 대신 쳐 줄 사람은 없었다. 울고 싶어도 텐트부터 만들고 울어야 했다. 강풍에 노란색 텐트 자락을 몇 번이나 놓치고 하늘이 어둑해진 뒤에야 텐트는 겨우 완성됐다.

---

* 더블유 트레킹: 파타고니아의 '토레스 델 파이네 국립공원'을 3박 4일 동안 걸어가는 코스로, 길 모양이 영어 문자 더블유(W)를 닮아서 붙여진 애칭이다.

신발 끈을 풀 기력도 없어 텐트에 엉덩이만 들이밀었다. 아는 이 하나 없이 홀로 캠프장에 앉아있으니 집에서 나와 막 이사를 마친 기분이었다. 이사하는 날엔 원래 짜장면인데, 차갑게 식은 빵과 소시지를 꺼내 먹자니 왠지 서글픈 마음이 들었다.

빵을 우물거리며 텐트를 두드리는 빗방울 소리를 멍하니 듣고 있을 때였다. 문득 정면에 보이는 산장 안이 궁금해졌다. 그곳에서는 누구든 돈만 내면 따끈한 음식을 사 먹을 수 있고 예약만 하면 포근한 침대에서 잘 수 있다는 게 생각났다. 산장 구경이라도 해볼까 싶은 마음에 입에 묻은 부스러기를 털고 산장으로 향했다.

산장 출입구 문을 열자 훅 끼쳐오는 훈훈한 공기에 으슬으슬했던 몸이 순식간에 노곤해졌다. 복도를 지나 슬쩍 방에 들어가자 도저히 산중이라고 믿기 힘들 정도로 포근한 침대에 아늑한 조명까지 켜 있는 게 아닌가. 놀라운 건, 창밖으로는 나무가 바람에 사정없이 흔들리고 있는데도 그곳 사람들은 느긋하게 핸드폰을 충전하며 메시지를 보내며 일상을 즐기는 광경이었다.

그들은 마치 다른 세상에 사는 사람들 같았다. 야생을 살아내야 하는 바깥과 비교하면 호화로운 생활을 누리는 상류층 느낌이랄까. 따뜻하고 배부른 사람들. 그들이 부러워지

려는 찰나, 나흘 뒤면 나도 아늑한 잠자리를 얼마든지 가질 수 있다는 생각이 스쳤다.

캠프장은 안락함보다 고생이 더 가치 있는 곳이며, 그 가치를 따르는 산악인들이 전 세계에서 모여드는 곳이다. 비 오는 날 텐트에서의 취침과 빵에 끼워 넣은 소시지를 핫도그라 부르며 먹는 삶이 상류층인 곳. 이곳은 자본주의가 아니라 경험이 많은 사람이 최고인, 경험주의 사회이다.

모자를 단단히 뒤집어쓰고 산장 문을 열었다. 짜장면같이 까만 밤, 텐트로 돌아가 랜턴을 켜고 거울을 보니 얼굴에 까만 흙탕물이 묻어있었다. 꾀죄죄한 꼴도 경험주의 상류층만이 누릴 수 있는 특권인 걸까. 그렇게 생각하니 약간 위안이 되는 느낌이다.

텐트 문을 조금 내리고 다시 산장을 바라보았다. 창문으로 비친 조명이 포근해 보였다. 부러운 마음을 애써 누르며 침낭에 눕자 바로 눈이 무겁게 감긴다. 다행이었다. 마음에 드는 또 하나의 특권을 찾았다. 경험주의자들의 특권 중 제일 큰 특권은 누가 업어가도 모를 만큼 곯아떨어질 수 있다는 게 아닐까.

내일은 또 다른 양말들이

"너희 요리사야?"

우리는 손질한 홍합을 볶고 있었고, 냄비에는 쌀이 끓고 있었다. 호스텔이었다면 내가 토마토 파스타 위에 뿌릴 파르메산 치즈 가루를 들고 있어도 아무렇지 않았겠지만, 이곳은 캠핑 이틀 차 저녁을 먹기 위해 여행자들이 모인 주방이었다.

처음엔 나도 한국인들 가방에서 와인병이 나올 땐 눈을 의심했다. 더블유 트레킹에서는 침낭과 텐트뿐 아니라 3박 4일 동안 먹어야 하는 식량까지 전부 짊어지고 걸어야 하는데, 침낭과 텐트가 없으면 잘 수가 없으니 대부분은 식량을 줄이는 쪽을 택한다.

이곳에서 만난 한국인 셋은 달랐다. 오히려 고생했으니 더 비싸고 맛있는 음식을 먹어야 한다고 생각한 건지, 짜파

게티를 먹을 때도 연어를 넣어 볶았고, 저녁 식사에는 꼭 와인을 곁들였다. 그날도 어김없이 와인을 마시며 해산물을 볶고 있었으니 다른 여행자들에게는 우리의 요리 실력이 범상치 않아 보일 만도 했다.

웃으며 아니라고 대답하자 그들이 우리에게 제안했다. 서로의 음식을 맛보고 어떤 게 더 맛있는지 가려보자는 것. 대한민국과 칠레의 자존심을 건 경기는 팽팽했다. 그들은 그들의 파스타가 더 낫다고 했고, 우리는 우리의 파스타는 재료부터 다르다고 하니 좀처럼 승부는 나지 않았다. 경기는 그렇게 무승부로 끝이 났다.

"좋은 경기였어."

마치 친선경기라도 치른 듯 악수를 청하며 인사하는 그들의 뻔뻔함에 우리는 트레킹 중이라는 사실도 잊고 함께 깔깔대며 웃었다. 벌써 밤 10시가 넘은 시각이었다. 이곳에서는 처음 본 사람들과 음식을 나누고 떠드는 일이 자연스러웠다. 모두가 같은 길을 걷기 때문이겠다.

비가 오면 내 신발만 젖는 게 아니라 내 앞에 누군가의 양말도 젖을 테고, 바람이 불면 내 머리카락뿐 아니라 뒤에 있는 누군가의 머리칼도 흩날린다는 사실. 그리고 그들도 각자의 짐의 무게를 견디고 있는 걸 보며 나만 힘들고 고생하는 게 아니라는 것만큼 위로가 되는 일은 없을 테니까.

난로의 온기는 사라졌고 그 위에 널어놓은 양말들도 모두 걷어가고 없었지만, 내일은 그곳에 또 다른 양말들이 올려질 것이다. 빈 의자가 외로워 보이지 않았다.

숨소리

너에게 물건을 맡긴다는 건

돌아온 물건에 묻은 너의 숨소리를 듣겠다는 것.

그럴 수도 있고 아닐 수도 있고

리우데자네이루는 얼마나 작은 천으로 몸을 가릴 수 있는지 시합이라도 열린 도시 같았다. 언제라도 바다에 뛰어들 준비를 갖춘 사람들이 거의 홀딱 벗고 다니는 곳이었다. 공원에서 마주친 아저씨도 역시 그랬다. 해변이 아닌 산 아래에서 웃통을 벗고 있는 게 의아하긴 했지만 어쨌든 그곳도 리우데자네이루였으니 대수롭지 않았다. 그에게 이 길이 예수상으로 향하는 길이 맞냐고 물었다.

"혼자 오르려고요?"

고개를 끄덕이자 아저씨의 표정이 삽시간에 변했다. 위험하다며 절대 혼자 올라가지 말라고 하시는데, 그 말에 나는 차림새부터 영 마음에 들지 않았던 그가 더 미덥지 않아졌다. 혼자 산에 올라가도 괜찮다고 한 호스텔 직원의 말을 듣고 버스를 타고 온 것이었으니까.

"그래도 저는 거기 가려고 온 건데."

선택은 너의 몫이라며 자신에게는 책임 없다는 듯 두 손을 드는 아저씨. 괜히 오기가 생긴 나도 알겠다며 그를 지나쳤는데, 그가 내 뒤통수에 대고 조심하라는 말을 날렸다. 그리고 그 말이 떨어짐과 동시에 괜히 음산한 기운이 느껴지는 것이었다. 뭔가 꺼림칙했다.

그냥 돌아갈까 우물쭈물 눈치를 보며 걷는 사이에 길은 등산로로 이어졌고, 곧 관리소 건물까지 나타났다. 그제야 안심이 된 나는 힘차게 문으로 다가갔다. 파란색 경비 옷을 입고 있는 흑인 한 명이 인기척에 고개를 돌렸고, 그의 뒤편엔 태어나서 처음 보는 장총이 걸려 있었다.

"예수상으로 올라가려고 하는데요."

관리인은 아무 표정 변화 없이 종이를 내밀며 나의 신상을 적으라고 가리켰다. 슬쩍 종이를 살펴보니 며칠간 꾸준히 방문객이 드나들었던 흔적들이 있었다. 다행이었다. 트레킹으로 오르는 게 미친 짓은 아니라는 뜻이니까. 국적과 이름, 나이, 성별을 차례대로 적어 나가다가 비상 연락망에서 펜을 멈추었다.

'왜 이런 걸 적지?'

정말 실종사건이라도 나면 연락해 주기 위해서인가, 아까 만난 현지인 아저씨의 소스라치게 놀라던 반응이 떠올랐다. 찜찜한 기분에 서류를 돌려주며 물었다.

"올라가는 거 괜찮겠죠?"

"mais ou menos."

"mas o menos?"

스페인어와 비슷한 포르투갈어를 알아들었다는 기쁨을 느끼기도 잠시, 그게 무엇을 의미하는지 파악한 뒤에는 더 이상 기뻐할 수 없었다. 스페인어로 'mas(마스)'는 더하다, 'menos(메노스)'는 빼다 라는 뜻으로 의역하자면 그럴 수도 있고 아닐 수도 있고, 다시 말해 '그럭저럭'이라는 뜻이다.

세상에 이런 무책임한 관리인이 다 있나 싶었는데, 그는 한낱 관광객의 안전보다 실시간 야구 중계가 더 중요한 사람인 듯싶었다. 이내 텔레비전으로 고개를 돌려버렸으니까. 빠르게 머리를 굴렸다. 아직 오전 11시. 아무리 강도라도 오전부터 부지런하게 일어나서 활동하지는 않을 거다. 더구나 오늘은 평일 아닌가.

'좋아, 일단 올라가 보자.'

중계 소리를 등 뒤로 하고 걷기 시작했다. 주변은 빽빽한 나무와 풀들로 둘러싸였고 이따금 냇물도 흘렀다. 생각보다 험한 산길을 오르느라 숨이 가빠지자 아저씨 말에 괜히 겁먹었던 내가 바보같이 느껴졌다. 이런 곳에 강도가 있을 리 없었다. 그런데 갑자기 경비원이 머리에 떠올랐다. 유니폼을 입었다고 안심할 건 아니었다.

'사실은 그 자식도 같은 패거리인 거 아냐?'

미리 잠복해 있는 사람에게 "동양인 한 명이 지금 출발했으니 놓치지 말아라." 하고 무전을 쳤을 수도 있다는 생각에 뒤를 홱 돌아보았다. 이따금 찌르르 하는 새소리만 들릴 뿐 아무런 기척도 느껴지지 않았다. 그사이 구름이 걷히면서 햇빛이 쏟아지기 시작했다. 푹푹 찌는 더위에 끈적한 땀까지 흘러내리니 나는 마치 거대한 사우나 속에 있는 것 같았다. 숨을 고르고 있는데 위에서 부스럭 발소리가 들려왔다.

'올 것이 왔구나!'

주위를 재빨리 둘러보았지만 산중에 숨을 만한 공간이 있을 리가 없었다. 안되면 가방이라도 숨기려고 재빨리 팔을 빼내려는 찰나, 얼핏 그들의 신발이 보였다. 방수되는 고어텍스 재질에 노란색 끈을 질끈 묶은 등산화였다. 선글라스를 끼고 있는 것이나 등산 가방에 스포츠 물병을 꽂아 놓은 것을 보니 여행객이 분명했다.

"안녕(Hi)."

나를 지나치며 건네는 인사에 긴장이 풀렸다. 어쩌면 내가 걱정해야 할 건, 강도가 아니라 위험한 산길이었던 걸까. 숨 막히는 더위에 정상까지는 계속해서 산길을 올라야 했으니까. 막바지에는 쇠사슬을 붙잡고 바위벽을 기어오르기까지 했다. 그리고 보니 아저씨도 조심해야 하는 대상을 강도라고 하지는 않은 것 같다.

보송보송한 관광객들로 가득한 예수상 앞에서 나는 벌건 얼굴로 숨도 쉬지 않고 물 한 통을 들이켰다. 다들 사진 한 컷에 전신을 담기 위해 드러누워 있었지만, 나는 숨을 헐떡이느라 한참을 서 있어야 했다. 연신 흘러내리는 땀을 닦으면서.

결국 며칠 후 나는 트램을 타고 다시 올라왔다. 그날 이미 해가 예수상 뒤로 넘어가 얼굴에 그늘이 졌기 때문이 아니었다. 옷이 땀으로 흠뻑 젖은 사진 속 내 모습을 차마 눈 뜨고 보지 못했기 때문이었다. 누군가 산을 올라서 예수상에 가도 괜찮냐고 묻는다면 나는 이렇게 답해줄 것이다. 평생 남는 사진을 땀 범벅으로 찍어도 좋다면 '그럴 수도 있고', 그게 싫다면 '아닐 수도 있고'.

물방울의 일

그대로 휩쓸리는 것도, 하늘로 오르는 것도 물방울의 일
이다. 단지 결정해야 한다.

돌고 돌아 다시 이곳으로 돌아온 두 물방울이 겪었을 여
정은 하늘과 땅의 차이일 것이므로. 삶에서 마주한 우리의
선택도 다를 바 없다.

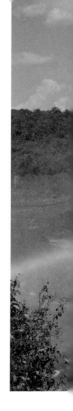

무너진 여름

그래서 생일엔 마음껏 당신을 떠올렸다. 당신의 눈빛과 목소리를 구름 뒷자락에 매달아 하염없이 바라보았다. 그러면 그대가 남긴 마지막 말들이 허공을 맴돌다 내게로 휘어졌다.

카페가 문을 열어놓는 시기가 바로 이때다. 봄이 물러가고 여름이 다가오는, 안과 밖의 온도가 비슷해지는 시기. 그때는 떠오르는 당신을 그냥 두어도 괜찮을 것만 같다. 안으로 밖으로 흐르는 공기를 그냥 두는 것처럼.

칸쿤에서 맞는 생일, 5월의 태양은 이글거리는 풍경을 삼키고 있다. 뜨거운 햇볕과 차가운 에어컨 사이 가로막힌 유리문을 나는 어찌해야 하나. 문을 무너뜨린다 해도 갈라져 버린 공기는 섞이지 않을 것이다.

노을을 말없이 바라보던 당신의 습관처럼 조용히 창밖을

내다본다. 홀로 선 선인장 가시에 햇빛이 부서져 맺혀 있다. 당신의 말투처럼 뚝뚝 떨어지는 조각들. 조금은 낮은 음색처럼 달구어진 모래알 사이로 여름이 무너지고 있었다.

3부

하
루
치

그
리
움

가끔은 풍랑처럼

시인 류시화는 '죽는 날까지 자신이 가야 할 길을 선택하는 것이 삶'이라고 했다. 나는 그 선택을 마음껏 연습하는 것이 여행이라고 믿는다. 그래서였을까. 휴양지보다 사서 고생하는 여행지가 끌렸던 것이. 말이 통하지 않아 춤추듯 몸짓으로 대화하고, 나오던 물이 끊겨 생수로 머리를 헹구고, 움직일 때마다 삐걱거리는 침대에서도 마음은 풍요로웠다.

내 길이 맞는지 두려워하는 건 당연하다. 그러나 내가 두려웠던 건 오히려 더는 불안하지 않을 거라는 사실이었다. 불안이 사라질까 불안했다. 물고기의 서식 환경이 풍요로워지려면 바닷물을 뒤집어 흔드는 풍랑이 필요하듯 인생도 가끔은 불안이 필요하다. 삶을 풍성하게 만들어주는 건 원래 뜻하지 않은 경험들이니까.

눈치코치 전문여행가

"안녕!"

비행기 옆자리에 청년 둘이 앉아있길래 먼저 인사를 건넨 것까지는 좋았다. 그들의 대답을 알아듣지 못한 건 예상 밖이었지만. 그을린 피부에 두른 금목걸이와 팔찌, 왁스인지 기름인지 모를 액체를 잔뜩 바른 머리, 동양인에 대한 호기심이 어린 눈빛으로 바라보는 그들은 입을 헤벌쭉 벌리고 있었다.

눈치코치와 손짓, 발짓으로 남미를 돌아다녔던 내가 스페인어를 배운 건 바로 이런 순간 때문이었다. 쿠바인 입에서 스페인어가 뭉개지듯 흘러나왔을 땐 먼저 말을 꺼낸 나 자신이 부끄러웠지만 말이다. 같은 나라마다 억양과 발음의 차이가 있다고는 해도 이 정도 일 줄이야.

할 수 없이 넣어두었던 눈치코치를 다시 꺼내야 했다. 유일하게 알아들은 단어 '쁘리모'로 예측해보건대 그들은 사촌지간이었고, 얼핏 잡아챈 '아메리카'라는 단어로는 그들이 미국에서 돌아오는 것임을 알아냈다. 그제서야 대화의 문이 열리는 듯했다. 다시 한번 들어보려고 귀를 기울이는데 그들 중 한 명이 느닷없이 내게 눈을 깜빡였다.

'지금 나한테 윙크한 거야?'

어떻게든 추파를 날리려는 노력은 가상했으나, 양쪽 눈을 동시에 찌푸리는 모습은 그를 매혹적이기보다는 어벙해 보이게 만들었다. 눈이 마주칠 때마다 두 눈을 감았다 뜨는 바람에 결국 나는 터져 나오려는 웃음을 참지 못했다. 그들과 함께 한참을 웃은 후에야 겨우 웃음을 그칠 수 있었다.

나는 사실 멕시코에서 바로 스페인으로 넘어갈 계획이었기에 쿠바에 대한 정보가 없었다. 그래서 아바나 시내에 도착했을 때 도로 위를 달리는 올드카들의 휘황찬란한 색깔들이며, 파스텔 톤 건물들의 고풍스러움과 야자수들이 내는 이국적인 분위기에 넋이 나가 있었다.

"치나? 하뽄?"

횡단보도를 건너려고 기다리는데, 한 아주머니가 나를 지나쳐가며 물었다. 내가 중국인인지 일본인인지 묻는, 수백 번도 더 들어본 질문이었다. 중남미 국가에서는 동양인만 지나가면 모두가 원숭이 구경하듯이 쳐다보았으니까.

"꼬레아."

"아, 꼬레아!"

환하게 번지는 그녀의 웃음에 나도 모르게 한쪽 눈을 찡긋 감았다. 그녀의 눈과 입이 동시에 벌어지더니 미간에 주름이 잡혔다. 왜 그러지? 의아해 가만히 쳐다보니 아주머니가 고개를 양옆으로 흔들며 양손을 젓는 것이었다. 헉 설마나를 동성애자로 생각한 건가. 그제야 아차 싶었다. 내게 수십 번 윙크를 날려대던 사촌들 탓에, 쿠바에서는 윙크가 가벼운 인사라 생각했던 것이었다.

말이 통하지 않아도 어떤 대화든 할 수 있다고 자신해온 나였는데 그날은 아무리 머리를 굴려도 오해를 풀 방법이 떠오르지 않았다. 횡단보도에 불이 켜질 때까지 나는 그저 그녀의 시선을 묵묵히 받아내야 했다. 눈치코치 전문여행가도 나무에서 떨어질 때가 있음을 깨닫는 하루였다.

호아끼나 할머니

"방 없을걸요?"

대문이 잠겨있어 벨을 눌러야 하나 서성이고 있는데 한국인들이 문을 열고 나왔다. 웃음이 났다. 이곳에 도착한 날에도 들었던 똑같은 말이었기에.

"괜찮아요. 맡긴 짐도 있고. 왔으니 주인아주머니께 인사나 드리려고요."

2층으로 오르는 계단은 여전히 캄캄했다. 문을 열고 창가에 서 계신 호아끼나 할머니를 보자마자 반가움에 소리를 지르며 품에 안겼다. 양 볼에 입을 맞추는 동안 그녀는 그새 더 까매진 내 피부와 자연스러워진 스페인어 억양에 놀라움을 감추지 못하셨다. 그도 그럴 것이, 이런 나의 발전은 단 3주 만에 이루어진 것이었기 때문이다.

아바나*에 도착한 첫날. 그날도 자리가 없을 거라는 말을

---

* 아바나: 쿠바의 수도

들었지만, 꿋꿋이 올라갔던 건 뭐든지 직접 확인해봐야 직성이 풀리는 탓이었다. 초인종을 누르고 문이 열렸을 땐, 그런 내 직성에 손뼉을 쳐주고 싶었다. 환한 햇살이 쏟아져 내리는 거실, 하얀 카피톨리오 건물이 보이는 창문, 그 앞 소파에 모여 떠드는 여행자들까지 호아끼나 숙소는 예상보다 훨씬 근사한 곳이었다.

"오늘 자리 하나 빌 것 같은데. 기다리는 동안 이거 보고 있어요."

누군가 노트를 내밀며 '정보북'이라고 했다. 배낭여행자들이 겪은 적나라한 여행 후기들과 갖가지 팁들로 빼곡했는데, 이걸 보려고 일부러 이곳을 찾는 사람이 있을 정도라고 한다. 숙소 근처 식당들과 사탕수수를 직접 짜 주는 가게가 그려진 약도도 있었다. 달콤한 사탕수수즙을 꿀꺽 삼키는 상상을 하며 눈으로 골목길을 따라가고 있는데 갑자기 호탕한 웃음소리가 들려왔다. 고개를 드니 하얀 백발의 할머니가 서 계셨다. 동그란 얼굴에 초롱초롱한 눈동자를 반짝이시며.

"글쎄. 자리가 있나?"

"오늘 일본인 한 명이 나갔다고 들었는데요."

"아, 맞아! 걔가 나갔구나. 그럼 그 침대에서 자면 되겠네."

처음에는 뭐 이런 곳이 다 있나 싶었다. 이래도 되나 싶을 정도로 할머니는 운영에 관심이 없어 내게 얼마나 머물건지 묻지도 않으셨다. 따로 장부가 없으니 자리가 비면 언제든지 자유롭게 묵으면 된다고 하셨다. 다만 한 번 침대를 맡으면 나갈 때까지는 그 사람의 자리라는 게 할머니의 설명이었다. 이곳만의 규칙이라면 규칙이었다.

그랬기에 사람이 더 몰렸던 걸까. 그곳은 매일 수많은 일본인과 한국인들로 가득 찼다. 어떤 날은 일본인이 더 많이 어떤 날은 한국인이 더 많이. 그날은 딱 반반 균형을 이루는 날이었고, 그로부터 이틀 뒤 나는 짐을 맡기고 아바나를 잠시 떠난 것이었다.

"그동안 어떻게 지냈니?"

배낭을 내려놓으며 하나씩 설명했다. 동행들은 모두 돌아가고 혼자 남아 쿠바를 돌면서 겪은 이야기들. 도중에 당한 소매치기 라던가, 잔잔했던 필라르 해변에서 밤을 새울 뻔한 이야기, 현지인들과 부대끼며 탔던 닭장 같던 현지 버스 까미온, 동쪽 끝 마을에서 본 해질녘 바다 빛깔…… 흔들의자에 앉아 가만히 듣고 계시는 할머니를 보니 어쩐지 집에 돌아온 것만 같다.

"언제 돌아올지 몰라 침대 하나를 남겨 놓았어."

그러고 보니 돌아올 날짜도 정하지 않았구나. 아차 싶어 바라본 할머니 눈동자가 어느 바다보다 깊었다. 할머니 품에 다시 안겼다. 어딘가에 나를 떠올리며 기다려주는 사람이 있는 한, 돌아왔을 때 나의 이야기를 들어줄 사람이 있는한, 혼자 다녀도 혼자가 아니라고 말해주는 것 같아서.

작은 방에 비어있는 침대 하나. 그 위에 몸을 던지며 눈을 감는다. 정보북에 쓸 말이 생겨 다행이었다. 당신을 떠올리며 기다려주는 사람이 있는 한, 돌아왔을 때 당신의 이야기를 들어줄 사람이 있는 한, 당신은 혼자가 아니라는 말.

걸을 때마다 햇볕 냄새가 났다

쿠바에는 늘 빨래가 걸려있었다. 비가 잘 오지 않아서인지, 비가 와도 걷으면 그만이라는 생각 때문인지 사람들은 꼭 바깥에 빨래를 널어 둔다. 때가 덜 빠져도 잘 말리기만 하면 되고 햇볕 냄새만 나면 그만이라는 생각인 모양이다. 내가 머물던 호아끼나 숙소 창문에도 늘 하얀 베갯잇들이 나부꼈다. 여행자들이 스리슬쩍 끼워 둔 양말 정도는 눈감아주는 것 같았다.

거기서 좀 더 골목으로 들어가면 내의나 수건들이 팔랑거리기도 했는데, 그럴 때마다 그들의 생활상을 비밀스레 짐작해보곤 했다. 저 러닝셔츠는 되게 화려하네, 본인이 산 걸까 선물 받았을까. 이 반팔은 낡은 걸 보니 주인이 아끼는 옷인가 보다… 등등 온갖 상상의 나래를 펼치면서.

빨랫줄에 운동화가 거꾸로 매달려 있던 골목을 지나다가

내 신발을 내려다보고는, 돌아오자마자 큰맘 먹고 신발을 빤 적이 있다. 내 눈빛이 그들 빨래를 건들고 그 빨래가 내 하루를 건드리던 날. 그제야 제대로 여행한다는 기분이 들었다. 남몰래 서로를 건드리는 건 가까운 사이에서만 가능한 일이니까. 쿠바에서는 걸을 때마다 햇볕 냄새가 났다.

밥 한끼의 온기

소매치기를 당한 날이었다. 붐비는 버스에서 누군가 가방을 조심하라는 말에 내려다보니 이미 지퍼가 열려 있었고, 있어야 할 지갑이 없었다. 뒤늦게 우는 나를 현지인들이 지나가면서 힐끔힐끔 쳐다볼 때 내가 느낀 감정은, 잃어버린 돈보다 왠지 모르게 자존심이 상했다는 것이었다. 남미에서도 이런 일을 당한 적 없던 나였으니까.

주변에 있던 쿠바인들이 모두 도둑놈처럼 보였다. 지갑을 훔쳐간 놈이나, 열린 가방을 조심하라고 말하던 놈이나. 심지어는 버스에서 내려 울먹이는 내게 무슨 일이냐고 하면서 다가왔던 사람들도 다 한통속으로 보였다. 나는 그들에게 씩씩대며 눈을 쏘아붙였다.

대합실에 앉아 나를 빤히 쳐다보는 할아버지도 마찬가지였다. 희끗희끗한 머리를 반듯하게 넘기고 그 위에 중절모를 얹은 차림새마저 사기꾼으로 보였다. 소란을 피운 탓에 그도 내가 돈을 잃어버렸다는 걸 알 텐데, 대체 무슨 꿍꿍이로 저렇게 쳐다보는 걸까. 못마땅해 입을 삐죽거리는데 들려온 한 마디.

"그래서 밥은 먹었니?"

바닥에 두었던 시선을 그에게 돌렸다. 그러고 보니 배가 고팠다. 마치 잊고 있던 위장 세포가 할아버지의 말에 되살아나기라도 한 것처럼. 도둑이 언제 지갑을 가져갔는지 되짚어보느라 점심시간이 지나가는 것도 모르고 있던 것이었다. 그런 나를 할아버지는 선뜻 노점 식당으로 데리고 갔다.

팥밥에 고구마, 오이, 토마토, 닭 다리 튀김을 담은 접시

가 나왔다. 감사하다는 인사를 하고 며칠을 굶은 사람처럼 먹는 나를 할아버지는 말없이 바라보기만 했다. 갑자기 울컥한다. 잘못을 따지자면, 모든 잘못은 쿠바는 안전하다고 멋대로 생각해 긴장을 풀어버린 나에게 있는데 오히려 나를 위로하는 할아버지에게 분풀이를 하다니. 제 분을 못 이겨 톡톡 쏘아붙이기만 했던 내가 부끄러웠다.

지나간 일을 붙잡고 있어봤자 나아질 건 없다는 걸 그 할아버지는 경험으로 알고 있었던 거다. 속상한 마음 같은 건 밥 한 끼 든든히 먹고 나면 금세 풀릴 거라는 것도. 그제야 밥 한 끼의 온기가 느껴지기 시작하면서 눈가에서 눈물방울이 떨어져 내렸다.

아프리카의 신데렐라

아프리카를 여행하면서 나는 무사히만 귀국하고 싶었다. 초원에 얼룩말이 뛰어다니거나 마사이족처럼 지팡이를 짚고 콩콩 뛰는 사람들이 있어서가 아니라 오히려 반대의 이유 때문이었다. 남아프리카공화국 케이프타운은 높은 건물들 사이로 세련된 정장을 입고 직장인들이 돌아다니는 도시였으며, 길거리엔 구걸하는 사람 하나 보이지 않을 정도로 깨끗했다.

2010년 FIFA 월드컵 경기가 열렸던 케이프타운 스타디움도 해풍을 맞으며 현대 도시에 걸맞은 위상을 당당히 내뿜고 있었다. 도끼로 뚝 베어낸 듯 윗부분이 평평한 모양의 산은 나도 모르게 '저게 테이블 마운틴이냐'며 옆 사람에게 물었을 정도로 그 존재감이 확실했고, 그렇다고 대답하는 현지인 얼굴엔 자부심이 가득했다.

　문제는 그런 혜택을 누리는 이들이 소수라는 사실이었다. 극심한 빈부격차 때문에 상류층과 하류층의 갈등은 심각했고, 그로 인한 범죄율은 우리나라보다 압도적으로 높았다. 여행자는 가장 만만한 범죄 타깃이었기 때문에 무탈하게 여행하려면 나는 종종 신데렐라가 되어야 했다. 한가지 원칙만 고수하면 됐다. 밤에는 절대 나가지 말 것. 정 나가고 싶다면 현지인과 동행하되 꼭 자정까지는 돌아올 것.

　"친구랑 맥주 마시러 갈 건데, 같이 갈래?"

　그날의 신데렐라 이야기는 남아프리카공화국 호스텔에서 옆 침대를 쓰던 클레어의 말에서부터 시작된다. 앙증맞은 코에 갈색 머리, 통통한 체격인 클레어는 스웨덴인이었고 밑에서 기다리는 그녀의 친구도 스웨덴인이었지만 그는 이곳에서 장기체류하는 중이라고 했다. 그렇다면 근방 지리와 동태를 꿰뚫고 있을 테니 안심이었다.

그녀를 따라 내려간 호스텔 식당은 오전과는 분위기가 확연히 달랐다. 조식으로 요거트에 그래놀라와 오트밀을 얹어주던 직원들은 밀린 요리를 나르느라 정신이 없어 우리에게 신경 쓸 여유가 없어 보였고, 테이블들은 사람들로 꽉 차 있었다. 그녀의 친구 토미가 손을 흔들었다. 테이블엔 키가 작고 단발머리 흑인 여자 앨리스와 덩치가 곰같이 큰 흑인 남자 테디도 함께 있었는데, 모두 그의 지인이라고 했다.

"안녕. 나는 한국에서 왔어."

그들은 동양인을 이렇게 가까이에서 본 적이 없는 게 분명했다. 평평한 얼굴 윤곽에 쌍꺼풀 없는 눈, 햇볕에 타서 백인도 아니고 흑인도 아닌 어정쩡한 피부색을 가진 나를 신기하게 쳐다봤다. 특히 단발머리 앨리스는 까맣고 쭉 뻗은 내 머리에서 반짝반짝 빛이 난다며 신비스러워했는데, 나는 며칠 전 자라 나온 곱슬머리를 미용실에서 폈다는 얘기는 하지 않았다.

남아공에 왔으니 이곳에서 생산된 와인을 마셔봐야 하지 않겠냐며 직원에게 현지 와인을 주문하는 순간부터 우리 테이블은 금세 화기애애해지기 시작했다. 다양한 인종이 섞여 있는 남아공같이 복합적이지만 섬세하면서도 강한 맛이었다. 겉모습은 다양하지만 흥이 오르는 속도는 비슷했던 우리는, 내친김에 클럽에 가자고 자리에서 일어섰다. 그렇게

롱 스트리트로 출격하게 되었다.

그곳으로 말하자면 케이프타운에서 제일 잘나가는 거리다. 사람이 몰리는 만큼 밤에는 취객도 많아 현지인조차 각별히 주의하는 곳. 그런 탓에 혼자서는 나가 볼 엄두도 못 냈던 곳이었지만, 그래도 비틀비틀 거리를 휘젓는 사람들 너머 들려오는 음악 소리가 가까워질수록 발걸음이 자꾸만 들뜨는 건 어쩔 수 없었다.

롱 스트리트는 소문대로 최고 멋쟁이들만 데려다 놓은 듯했다. 거리를 꽉 채운 흑인들의 거들먹거리는 걸음걸이와 몸짓에서 허세가 뚝뚝 떨어졌고, 휘날리는 긴 속눈썹에 빨간 립스틱을 바른 흑인 여자들이 짧은 치마 아래로 미끈한 피부를 드러내며 거리를 활보하고 있었다.

귀를 땅땅 때리는 힙합 음악과 화려한 네온사인, 그 아래 모여 왁자지껄 떠드는 소리, 손목에서 번쩍이는 금시계, 움직일 때마다 벗겨질 것 같이 아슬아슬하게 골반에 걸친 바지, 걷는 것마저 리듬을 타는 듯한 흐느적거림…… 어쩌면 나는 이곳에 오기를 희망봉에 가는 것보다 더 기다려 왔는지도 모른다.

어릴 때부터 나는 가요보다 재즈와 힙합을 좋아했다. 재즈의 즉흥적인 면은 정형화된 틀을 깨는 방식을 품고 있어서, 정해진 규칙만 따랐던 나는 언젠간 그 틀을 늘 깨고 싶어 했다. 그래서 지금 내가 동양인은커녕 관광객 한 명 보이지 않는 이 밤거리에 있는 걸까, 위험하기 짝이 없는 흑인 동네에. 생각이 거기까지 미쳤을 즈음 앨리스가 불쑥 내 팔을 끌었다.

"밥스 바(Bob's bar)로 가자."

그 말을 들었을 땐 그런 걱정이 싹 날아가는 듯했다. 현지인이 잘 아는 클럽으로 가자는 건, 마치 자신만 알고 있는 동네 맛집을 공개하며 그 맛을 함께 공유하겠다는 뜻이었으니까. 심지어 직접 검증까지 마친 곳이었을 테니 마다할 이유가 없었다.

바글거리는 거리를 뚫고 도착한 밥스 바에서는 사람들이 몸을 흔들고 있었다. 어떤 비트가 흘러나와도 그들은 음악에 녹아들듯 웨이브를 탔는데, 그중 눈에 띄는 흑인이 하나 있었다. 그의 관절 마디마디는 자유자재로 움직였고, 춤을 출 때 구부러지는 다리의 각도나 웨이브를 타는 몸짓에서는 어떤 예술적인 면모까지 느껴졌다. 티셔츠와 청바지 차림의 흑인이었지만 내 눈엔 이미 그는 흑마 탄 왕자였다. 그런데 그 왕자가 대뜸 내게로 다가오는 것이었다.

그와 눈이 마주친 순간 사람들은 홍해가 갈라지듯 일제히 비켜섰고 친구들은 환호하기 시작했다. 그의 간택에 나는 부끄러워 어쩔 줄 몰라 했지만, 그는 아랑곳하지 않았다.

발을 쭉쭉 뻗으며 반경을 넓히더니 급기야 바닥에 한 손을 짚고 몸을 띄우기까지 했다. 그의 이마에서 흘러내린 땀이 바닥에 뚝뚝 떨어졌다.

'아 어쩌지 나도 뭔가를 보여줘야만 하나.'

긴장해 몸이 뻣뻣하게 굳은 나는 흘러나오는 음악의 리듬부터 파악했다. 그런다고 갑자기 춤을 잘 추게 될 리 없었다. 할 수 없다. 속으로 제발 나의 춤실력을 기대하지 않았기를 바라면서 냅다 팔다리를 휘적거리고 봤다. 나조차도 뭘 추는지 모르는 이상한 춤에 주변이 한순간 웃음바다가 돼 버리고 말았다.

맥반석에 구워지는 오징어처럼 팔을 꿈틀거리고, 개다리춤을 추듯 다리를 덜렁대고 있자니 어렸을 적 친척들 앞에서 장기자랑을 선보이는 기분이었다. 그 사정을 알 리 없는 아프리카 현지인들은 새로운 장르의 춤이 신선하게 느껴져서였는지, 동작이 웃겨서인지 너도나도 나를 따라 했고 급기야 나중에는 왕자님까지 따라 하자, 나의 안무는 그날 밤 유행처럼 스테이지를 휩쓸었다. 사람들에게 둘러싸여 귀여움을 한껏 받은 건 시골에 내려간 이후 처음이었다.

그날도 자정이 넘기 전 숙소로 돌아왔다. 왕자님 손 대신, 술 취해 비틀거리는 클레어의 손을 잡고서. 신발 한 짝을 흘리고 온 신데렐라처럼 나도 그에게 전화번호라도 남기고 왔어야 했나 아쉬움이 들었지만, 고개를 저었다. 밤 12시가 신데렐라에게는 마법이 풀려버리는 진실의 순간이라면, 내게는 무사 귀국 안전장치가 벗겨지는 순간이었다.

그는 멋있었고 그와의 춤도 재미있었다. 하지만 그가 내게 갑자기 칼을 들이밀었다고 해도 그곳에선 깜짝 놀랄만한 사건은 아니다. 케이프타운은 클럽에 들어가기 전 총을 소지했는지 확인하기 위해 몸수색을 샅샅이 할 정도로 위험한 도시였으니까. 그래서 어떻게 됐냐고? 이야기는 이렇게 끝난다. 비록 왕자님을 다시 만나진 못했지만, 나는 무사했고 그는 내게 새로운 춤을 하나 배워갔으니. 결말은 어쨌거나 해피엔딩이다.

하루치 그리움

　날카로운 능선에 빛이 잘려 나간다. 지나가던 바람에도 속살이 베어버릴 것 같다. 그 위에 자그마한 발자국을 내본다. 아스러지는 모래에 당신의 목소리가 함께 무너져 내린다.

　다음날이면 다시 원래대로 돌아갈 것이다. 내가 밤사이 상념들을 정리하고 마음을 다잡는 동안, 모래는 해풍에 날려 흐트러진 언덕을 새로 덮을 테니까. 사막은 늘 하루치 그리움밖에 모른다.

타투와 별 다섯 개짜리 텐트

내 인생 최초의 교통사고는 아프리카에서 났다. 그것도 만난 지 하루도 채 안 된 사람들과 함께였을 때 일어난 사건이었다. 일본인 야마와 한국인 훈은 아프리카를 함께 다닐 동행을 구하던 차에 만난 이들이었고, 히치하이커 프랑스인 코코는 그날 오전 우리가 길에서 태운 친구였다.

창밖으로는 모래밖에 보이지 않았지만 로드트립 낭만에 젖은 우리는 기분에 들떠 스피커 볼륨을 한껏 높이고 몸을 들썩였다. 얼마쯤 갔을까? 매끄럽던 포장도로가 벗겨지더니 우둘투둘한 비포장도로가 나타났다. 창문은 덜덜 떨렸고, 땅에서 튀어 오른 돌들이 차 밑면을 치기 시작했다.

눈동자를 이리저리 굴리기도 잠시, 몇 시간을 그렇게 달리다 보니 그것도 적응이 되었다. 햇살은 나른했고, 돌들이 차를 퉁퉁 치는 소리가 자장가처럼 들려와서 나는 그만 깜빡 잠이 들고 말았다.

번쩍 눈을 떴을 때, 나는 내가 아직 꿈을 꾸는 줄 알았다. 아니 차라리 이게 꿈이었으면 싶었다. 운전석에 있던 야마가 다급하게 핸들을 꺾는 게 보였고, 차는 도로를 사선으로 가로질러 길 옆으로 향하고 있었다. 이미 상황의 위급함은 로드트립의 낭만과는 거리가 멀었다.

야마가 핸들을 한 번 더 꺾었다. 가드레일 역할을 하는 모래 언덕을 피하려고 했으나 그러질 못했다. 어딘가에 부딪히는 소리와 함께, 개가 소변을 볼 때 한쪽 다리만 드는 것처럼 왼쪽 바퀴가 들렸다. 훈과 코코가 공중으로 떠올랐다.

앞 유리창으로 보이는 지평선은 천천히, 아주 천천히 기울었다. 각도가 30도를 지나는 동안에도 '설마' 차를 빌린 지 하루 만에 사고가 나겠냐 생각했다. 그러면서도 정작 45도가 넘어갈 때까지 나는 몸을 움직이질 못했다. 순간 눈 앞이 번쩍 하며 누군가 내 머리를 심하게 강타하는 충격이 왔다.

쾅!

눈을 떠보니 차가 옆으로 쓰러지는 바람에 코코와 훈이 안전벨트에 걸려 천장에 대롱대롱 매달려 있었고, 나와 야마는 바닥에 나동그라져 있었다. 다들 신음을 뱉으면서도 괜찮냐는 질문과 그렇다는 대답이 오고 갔다. 그런데 몸 어딘가에서 쓰라림이 느껴졌다. 경황이 없어 어디에서 통증이 나는지 몰라 한참을 둘러보다가 팔에서 얇게 스며 나오는 피를 발견했다. 유리창 위로 떨어지면서 깨진 파편에 살을 벤 모양이었다.

근무할 때 매일같이 피를 봤지만 너무 오랜만이어서 그랬는지, 남의 몸이 아니라 내 몸에서 나는 피라서 그랬는지 나는 그대로 얼어붙고 말았다. 뒤늦게 발견한 야마가 나를 번쩍 안아 위로 들어 올리고 훈과 코코가 밖에서 끌어내 주었다. 그러는 동안에도 나는 꼼짝할 수 없어서 그대로 눈만 뜨고 있을 수밖에 없었다. 사람이 놀라면 머리가 하얗게 백지가 된다는 말을 그때 실감했다. 뇌가 일시 정지 버튼을 누르면서 돌연 파업을 선언한 느낌이라고나 할까.

반대편에서 오던 캠핑카가 멈추는 걸 보고 겨우 정신을 차릴 수 있었다. 그 안에 타고 있던 독일 가족도 사고 현장을 보고 적잖이 놀란 눈치였다. 찌그러진 문 두 짝, 떨어져 덜렁거리는 사이드미러, 펑크 난 타이어, 산산이 조각난 뒷좌석 유리창까지, 우리 차는 멀쩡한 곳이 하나도 없었다. 주위에 짐들까지 널브러져 있어서 현장은 마치 무슨 폭격을 맞은 것 같았다.

순식간에 고물이 된 차를 끌고 가는 동안 무거운 침묵이

깔렸다. 산 뒤로 떨어지는 해만이 어색한 공기에 분홍빛을 낼 뿐이었다. 가까스로 캠프장에 도착해서도 차에서 잘 계획이었던 야마와 훈의 잠자리가 문제였다. 뚫린 창문으로 들어오는 차디찬 사막의 새벽공기를 그대로 맞을 수는 없었다. 유일한 방법은 내가 잠시 빌려쓰기로 한 야마의 1인용 텐트에서 셋이 교대로 돌아가면서 쪽잠을 자는 것이었다. 불행은 혼자 오는 법이 없다더니…… 훈이 이렇게 말했다.

"아, 그거? 야마가 오늘 아침 호스텔에서 햇볕에 말리려고 널어놓고는 깜빡 잊었대."

둘은 서로 챙긴 줄 알았단다. 오늘 밤은 자기 글렀다는 생각에 절망스러워하고 있는데, 불현듯 코코가 차에 탈 때 함께 실은 텐트가 떠올랐다. 바로 코코에게 달려갔다.

"텐트의 크기가 그 정도로 클지는 모르겠는데."

슬쩍 발을 빼려는 코코. 어허 이거 왜 이러시나. 누구 덕에 여기까지 왔는데.

"일단 펴 보기나 해보자."

"그래. 일단 펴 보자."

"펴 보고 안 되면 그땐 할 수 없지."

이럴 땐 죽이 척척 들어맞는 셋이다. 우리 셋을 바라보며 못 말린다고 고개를 절레절레 흔드는 코코 앞에서 텐트를 펴보니 4명이 눕기에 충분해 보였다. 신난 셋은 뚝딱뚝딱 뼈대를 만들고, 천을 끼우고, 땅바닥에 못질을 하고, 얇은 매트리스와 담요들을 바닥에 깔았다. 그 안에 각자의 침낭을 던져 넣으니 사이즈가 자로 잰 듯이 꼭 맞아떨어졌다.

환한 달빛이 텐트 위에 내려앉았다. 텐트에 군데군데 주름이 져 있지만 바람을 막는 데에는 문제가 없었고, 휑했던 내부도 꽉 들어차니 아늑하고 포근한 느낌마저 들었다. 게다가 만신창이가 된 차가 옆에 있으니 고급스러워 보이기까지 했다. 코코가 말했다.

"별 다섯 개짜리 텐트다."

모두는 웃음을 터뜨렸다. 벌벌 떨며 밤을 새웠을 뻔했던 것에 비하면 분에 넘치는 호사인 건 맞았으니까. 그런데 함께 웃던 야마가 갑자기 숙연해졌다. 붕대를 두른 내 팔을 가리키며 자신 때문에 상처가 생겨 미안하다고 사과했다. 팔이야 조금 아프긴 했지만 괜찮았다. 어차피 일어난 일이니 누굴 탓하기보다는 차라리 여행기념품이 생겼다고 여기려던 참이었다. 볼 때마다 나미비아를 떠올릴 수 있는 타투 하나를 팔에 새긴 셈 치자는 것이다.

"그러니 미안해할 필요 없어, 야마. 오히려 난 좋은걸?"

내 대답에 모두는 그제야 한시름 놓았는지 차마 꺼내지 못했던 뒷이야기들을 꺼내기 시작했다. 절벽이 아니라 평지에서 사고 난 게 얼마나 운이 좋았는지에 대해서부터, 주변에 아무도 없었던 덕분에 이중사고를 피할 수 있었다는 것, 그리고 야마가 핸들을 여러 번 꺾어 속도를 줄인 덕분에 부딪히는 충격이 크지 않았다는 얘기까지.

재구성되는 이야기는 한편의 액션영화가 따로 없었다. 물론 주인공은 우리였으며 교통사고에도 큰 피해 없이 살아남은 자들이라는 이상한 자부심까지 더해진 스토리였다. 나중에는 사고 난 게 다행이라는 결론을 도출해내기까지 했다. 운전에 대한 경각심을 지니게 된 것은 물론, 나쁜 상황에서도 좋은 점을 찾아내려는 서로의 참모습도 알게 되었으니까 말이다.

코코만이 우리가 비포장도로를 이륜구동 차로 빠르게 달릴 때부터 사고가 날 줄 알았다며 구시렁거리고 있었다. 조금 얄미운 구석이 있기는 했지만 사고를 함께 겪었다는 동질감 때문인지 텐트에 누우니 코코마저 친근하게 느껴진다.

"우리 꼭 가족 같다."

"벌써 친해진 느낌이야."

"기념사진 하나 찍을까?"

이 와중에 좋다고 사진까지 찍는 넷. 가만 보면 코코도 정상은 아니다. 잘 자라는 한마디에 눕자마자 눈이 무겁게 감긴다. 각자 침낭 속에 있지만 살을 맞대고 있는 기분이 들었다. 오늘 생긴 타투가 나미비아를 떠올리게 할 때, 별 다섯 개짜리 텐트에서 느끼던 뭉클한 감정들도 함께 기억될 것이다.

우리는 크레이지 하니까

"들어가려면 셔틀을 타야 합니다."

직원의 말을 기다렸다는 듯이 저 멀리 4륜 지프차가 달려왔다. 모랫길에서 덜덜거리는 우리 차에 비하면 셔틀은 무적 탱크처럼 보였는데, 바퀴가 얼마나 큰지 허리까지 오는 데다가 표면도 우둘투둘했다. 응당 사막을 누비려면 이정도는 돼야 한다는 듯이. 거친 엔진 소리에 기가 눌려 돈을 꺼내려 하는데, 코코가 나를 막았다.

"배낭여행자 정신을 살려서 우리, 걸어 들어가는 건 어때?"

셔틀에 돈을 쓰기 아깝다는 말을 이렇게 세련되게 하다니! 코코의 짬도 보통은 아니었다. 돈을 절약할 수 있으니 딱히 나쁠 건 없었다. 그렇게 우리는 얼마나 걸어야 하는지 모르는 채로 사막에 발을 들이게 되었다. 그늘이 없어 땀을 좀 흘리긴 했지만, 이런 게 또 배낭여행의 묘미 아니겠는가. 새로운 길을 개척하는 것.

위아래로 태양과 땅이 뿜어내는 열기쯤이야 견디면 됐다. 나처럼 셔츠를 머리에 감싸 햇빛을 막거나, 야마처럼 웃통을 벗어버리면서. 한참을 가는데 뒤에서 4륜 지프차가 달려오는 소리가 들렸다. 길을 터주려고 한쪽으로 비켜서는데 운전기사가 차를 세웠다.

"타. 태워다 줄게."

"정말? 그냥 태워주는 거야?"

"응. 어차피 가는 길이니까."

차편이 생긴 것보다, 저 늠름한 4륜 지프차를 드디어 타본다는 기대감에 더 흥분한 우리였다. 사막을 거침없이 질주하는 짜릿한 승차감 때문이었는지 공짜가 주는 기쁨 때문이었는지는 모르겠지만, 올록볼록한 언덕들을 가뿐히 넘을 때마다 우리는 손뼉을 치며 환호했다.

그렇게 '데드블레이'에는 순조롭게 도착할 줄 알았다. 말라 죽은 나무들이 사막에 그대로 박혀있는 곳. 이곳에서 찍은 사진이 2010년 〈올해의 내셔널 지오그래픽〉에 선정되어 관광객들로 가득할 거라 예상했는데, 우리가 내린 곳은 또다른 사막이었다. 어리둥절해하는 우리에게 한 할아버지가 다가왔다.

"저들 이름이 뭔지 알아? 저건 '빅 마마'고, 그 옆은 '빅 대디'야."

앞에 두 개의 커다란 모래언덕을 가리켰다. 마마와 대디라, 아프리카다운 이름이었다. 데드블레이는 어디에 있느냐 물으니 두 언덕 사이 얕은 곳을 넘어가기만 하면 된다고 했다. 생각보다 간단했다. 차를 얻어 타면서 체력을 아끼게 됐으니 가장 높은 빅 대디를 올라가 보지 않겠냐는 말을 누군가 꺼냈고, 모두는 고개를 끄덕였다.

"잠깐, 물이 이게 전부야?"

페트병에는 기껏해야 200ml 정도 되는 물이 찰랑거리고 있었다. 10L 물통을 차에다 두고 필요할 때마다 페트병에 담아 다니고 있었는데 다시 채우는 걸 깜빡한 것이었다. 그 먼 거리를 다시 갔다 오려니 까마득했다. 그렇다고 물 없이 오르는 것도 무모했다. 그때 코코가 승부수를 던졌다.

"우리는 크레이지(crazy) 하니까 크레이지 하게 해버리자."

'크레이지'라는 단어는 우리를 자극하기에 충분했다. 본인도 알고 있었던 거다. 코코를 포함한 우리 모두 정상은 아니라는 것. 그렇게 공식적으로 미친놈들이 된 우리는, 미쳐도 보통 미친 게 아니라는 걸 증명해내고 싶은 이상한 자존심에 사로잡혀 결국 그렇게 하기로 했다. 예수님도 광야에서 40일을 꼬박 굶으셨는데 4시간 정도로 설마 죽지는 않을 테니까.

발이 모래에 푹푹 빠져 걸어도 제자리인 것 같았지만 능선을 오를수록 미묘하게 달라지는 풍경을 보며 힘을 냈다. 내뱉는 숨결이 점점 뜨거워지고 등 뒤로 흐르는 땀이 많아 질수록 물이 간절했지만 참아야 했다. 나 말고도 약속된 물을 위해 견디는 동행들이 있으니까. (사실은 야마가 물통을 들고 있어 참을 수밖에 없었다.)

정상에 오른 후 페트병부터 찾았다. 물 한 방울 없이 정상에 올랐다는 성취감 같은 건 나중에 느껴도 됐다. 마른 혀와 갈라진 입술을 달싹이며 페트병을 받았다. 플라스틱 몸통이 잔뜩 구겨지고 햇빛에 달궈져 그 안에 담긴 물은 미지근했지만 그런 건 중요하지 않았다. 단 한 모금 물도 내게는 짜릿할 정도로 달콤했다.

그제야 풍경을 둘러보니 오른쪽 아래 점토 같은 바닥에 꽂혀있는 거뭇거뭇한 막대기들이 보였다. 데드블레이었다. 정상에 올라온 자들만 누릴 수 있는 경치라는 생각에 벅차기도 잠시, 야마가 데드블레이를 가리키며 말했다.

"내려갈 땐 그냥 여기를 뛰어 내려가는 게 어때?"

빙 두르며 완만한 곡선을 이루는 능선에 비해 경사면은 훨씬 가팔라 위험해 보였지만, 우리는 크레이지 하지 않는

가. 안 될 것도 없었다. 발을 내딛자 몸이 확 앞으로 쏠리는 느낌에 고꾸라질 것만 같았다. 이미 더위와 피로에 정신이 반쯤 나간 상태에서 모두는 정말 정신이 나간 듯이 깔깔거리며 한참을 달렸다.

바닥에 도착했을 때 코코는 이미 가고 없었다. 야마만 늦게 내려오는 나와 훈을 기다리고 있었다. 그곳은 하얀 바닥이 반사판처럼 빛을 반사하고 있었고 나무들은 모두 비틀어져 있는 데다가, 그 뒤로 그림자가 죽음처럼 드리워져 있었다. 우리는 말을 잃었다.

파란 하늘에 붉은 사막, 하얀 바닥에 검은 나무는 점, 선, 면, 색으로 이루어진 하나의 추상미술이었다. 능선의 부드러운 곡선, 점토와 언덕을 가르는 직선, 그리고 그날따라 유독 선명히 대비되는 파란 하늘과 적황색 모래는 가히 칸딘스키와 몬드리안의 작품을 적절히 섞어 놓은 추상화였다.

작품을 배경으로 우리는 마음껏 셔터를 눌렀다. 훈이 나무 위로 올라가면 나와 야마는 바닥에 앉아 사진을 남겼고, 텅 빈 나뭇가지 끝에 태양이 걸치도록 각도를 조절해 찍기도 했다. 렌즈를 어디로 향해도 기이하게 틀어진 나무와 선명한 색감 때문에 몽환적이고 비현실적인 풍경을 담을 수 있는 곳이었다.

우리는 떠나지 못하고 한참을 서성거렸지만 결국 돌아갈

수밖에 없었다. 우리가 아무리 크레이지해도 더이상의 갈증은 견디기 힘들었다. 터덜터덜 주차장으로 돌아온 우리는 10L물통을 잡고 배가 부를 때까지 물을 마셨다. 문득 땅을 보니 우리의 그림자가 길어져 있었다. 마치 물을 마시고 훌쩍 자라난 듯이.

레벨 업

오락실게임 중에 난이도를 선택할 수 있는 게임이 있다. 나는 해본 적도 없으면서 처음엔 무조건 어려운 난이도를 고른다. 넘기 어려운 장애물에 몇 번 부딪히다 보면 보통 난이도에서는 쉽게 피할 수 있게 되기 때문이다. 여행이 내게 보통 난이도의 게임이라면, 로드트립은 어려운 난이도를 고른 것이었다.

로드트립의 마지막 날, 오후 12시 40분. 운전석에 앉은 훈이는 시속 170km까지 밟아가며 미친 듯이 달리고 있었다. 그것도 오락실에 있는 자동차 게임이 아니라 실제 자동차에서 말이다. 우리가 서두르는 이유는 단 하나, 1시에 출발하는 버스를 놓치지 않기 위해서였다.

빈트후크(Windhoek) 도시 표지판을 지나치는 순간 세르베자에게서 전화가 왔다. 우리는 스스로를 도전을 두려

위하지 않는 모험가들로 생각했지만, 그는 수시로 전화해서 우리의 상황을 보고받았다. 그의 눈에는 우리가 한낱 소꿉장난하는 어린아이들로밖에 보이지 않았던 것 같다. 그의 차를 망가뜨렸던 우리에게 또다시 그의 차를 빌려주었으니 우리에게는 고마운 치트키*인 셈이었지만. 세르베자에게 우리가 두 팀으로 나뉘게 된 것부터 설명해야 했다.

이틀 전 나미브 사막에서 돌아온 저녁, 우리에겐 코코의 빈자리를 채울 새로운 동행이 생겼다. 한국에서 온 여대생 둘. 여대생이라는 사실만으로 야마와 훈은 얼굴에 웃음을 그치질 못했는데, 풋풋하고 싱그러워 나조차 미소가 떠나지 않았다. 다만 운전이 미숙해 야마가 대신 그들의 운전대를 잡아준 것이다. 먼저 출발한 야마 팀에게 연락해보겠다며 세르베자의 전화를 끊었다.

"언니! 저희 언니보다 뒤에 있어요."

"뭐? 그게 무슨 소리야?"

야마 팀이 먼저 출발한 데에는 사실 이유가 있었다. 시간을 조금만 거슬러 오늘 새벽 6시 25분으로 돌아가 얘기하자면, 모두는 이미 텐트까지 정리하고 에토샤 국립공원**을 떠날 준비를 마친 뒤였다. 야마는 여유를 부리며 딸기우유까지 사 마시고 있었는데, 마시다 말고 눈을 크게 뜨며 타이

---

* 치트키: 게임 중 더 이상 진행이 불가능할 때 일종의 속임수로 사용하는 방법
** 에토샤 국립공원: 나미비아에 위치한 국립공원. 야생동물들을 자신의 차량으로 돌아다니며 관찰할 수 있다.

어를 가리켰다. 타이어 밑면이 축 늘어져 있었다. 하필 출발 5분 전이라니. 눈앞이 깜깜했다.

"야마. 애들 데리고 먼저 출발해. 타이어 갈고 바로 따라 갈게."

야마와 아이들은 서로를 바라보며 우물쭈물하다가 결국은 차에 올랐다. 나와 훈은 익숙하게 트렁크로 향했다. 걱정은 없었다. 우리가 조금 뒤처지기는 하겠지만 그 정도는 충분히 따라잡을 수 있었으니까. 여분 타이어부터 꺼냈다. 그다음 연장들을 하나씩 나열하는데 타이어 너트를 푸는 스패너가 보이질 않았다.

"어? 그거 어제 야마랑 불 쑤신다고 쓰다가 거기에 놓고 왔는데."

눈앞이 또다시 깜깜해졌다. 내가 야마에게 자신 있게 먼저 출발하라고 했던 건, 타이어가 펑크 난 게 이번에만 세 번째였기 때문이었다. 이제는 눈 감고도 타이어를 갈 수 있다고 생각했지만, 그건 연장들이 있어야 가능한 얘기였다. 어젯밤 불을 쑤셨던 야마와 훈이 오늘 아침엔 내 속을 쑤셔대는 느낌이었다.

정신을 차리고 주변을 둘러보았다. 이곳은 만일의 사태에 대비해 모두가 단단히 준비해 온 캠프장이었다. 스패너 정도야 빌릴 수 있겠지만 문제는 차마다 타이어 크기가 다르다는 점이었다. 샅샅이 돌아다닌 끝에 기적적으로 우리와 같은 타이어를 발견했고, 차 주인으로부터 스패너를 들고 직접 교체해주시는 도움도 받았다. 그러나 시간이 벌써 7시가 넘어버렸다.

사색이 된 우리는 허둥지둥 차에 올랐고 야마 팀을 따라잡는 데에만 신경을 집중했다. 수리점에 들러 구멍 난 타이어를 메우면서도 늦을까 초조했는데, 그때에 이미 우리는 그들을 앞지른 후였다는 걸 나중에야 알았다. 우리도 시간이 빠듯한데 야마 팀이 언제 렌터카 업체에 들러 차를 반납하고, 택시를 잡아 터미널로 오겠는가.

멍한 얼굴로 그들과 통화를 끝내자마자 다시 세르베자에게 전화가 왔다. 그럴 땐 정말 귀신 같다. 필경은 오랜 경험에서 나오는 노하우 덕분이리라. 그에게 자초지종을 설명하니 세르베자는 예상했던 일이라는 듯 침착함을 유지하며 순발력을 발휘했다.

심부름꾼을 보내 차를 대신 반납 해줄 테니, 야마에게 지금 바로 방향을 돌려 버스의 다음 행선지 오카한쟈 버스터미널로 가서 기다리라는 것이었다. 일명 '앞지르기 작전'. 나도 지각을 면하기 위해 종종 썼던 방법이다. 간발의 차이로 놓친 버스를 타기 위해 다음 정류장까지 택시로 앞지른 뒤 버스를 타는 것.

　당장 야마 팀에게 전화를 걸어 세르베자의 계획을 전하니 방금 지나쳐간 이정표 '오카한쟈'를 기억해냈다. 됐다! 지난 지 얼마 안 됐으니 그대로 차를 돌리겠다고 했다. 우리 눈앞에도 드디어 터미널이 보였고 시계 초침이 정확히 1시 정각을 지나가는 순간, 세르베자가 달려와 손을 휘저었다.

　우리는 반가움에 소리를 지르다 짐부터 버스 트렁크로 옮기기 시작했다. 돌려줘야 할 차에는 선글라스와 빈 페트병, 스피커, 비닐봉지, 먹다 남은 바나나 등 온갖 잡동사니들이 지저분하게 널려 있어서 손에 잡히는 대로 짐만 빼 나르다 보니 어느새 쓰레기만 한 보따리 쌓여 있었다.

"어떡하지, 미안해."

"괜찮아. 이건 내가 치울게. 청소비만 주면 돼."

냉큼 요구한 돈을 쥐여 주었다. 하마터면 버스를 놓쳐 여대생들이 제시간에 귀국하지 못할 뻔했는데 그것에 비하면 청소비 요구는 너그러운 처사였다.

"네가 없었다면 우리는 무사히 잠비아로 떠나지 못했을 거야. 정말 고마워."

빵빵! 진작 출발했어야 할 버스를 10분이 넘도록 붙잡고 있으니 버스 기사가 클랙슨을 울렸다. 두 손을 모아 미안하다는 제스처를 하면서 버스로 달려갔다. 이대로 무사히 탔으면 좋았을 텐데, 우리에겐 정작 버스표가 없다는 사실이 떠오르고 말았다. 버스 기사는 이미 참을 만큼 참았다. 내가 매표소로 뛰어가는 순간 매정하게 떠나버려도 할 말이 없었다. 눈앞이 세 번째로 깜깜해진 찰나, 세르베자가 나타났다.

"표 사는 걸 깜빡했어."

나는 금방이라도 울 것 같은 심정이었다.

"그냥 타고 기사에게 표를 사."

마지막까지 발휘하는 세르베자의 융통성 덕분에 우리는 간신히 버스에 올랐고, 승객들에게 따가운 눈총을 받으며 빈자리에 앉을 수 있었다. 양손엔 미처 싣지 못한 에토샤 국립공원 지도와 카메라, 물병, 수건, 양말 등 자잘한 짐들이 들려 있었다. 나와 훈은 서로를 바라보면서 고개를 절레절레 흔들었다.

잠시 후 버스는 오카한쟈 터미널에 들어섰고, 야마 팀도 무사히 버스에 올랐다. 차량 문제는 모두 해결됐으며, 다섯 명도 버스에 오르게 되면서 나미비아 여행은 막을 내렸다. 그제야 잔뜩 움츠렸던 어깨의 긴장을 풀었다.

어려운 모드로 게임을 깬 후에는 실력이 훌쩍 뛰는데, 로드트립을 끝내고 나니 왠지 어른이 된 것만 같다. 실제 인생과 다를 바 없어서 그런 걸까. 장애물이 끊임없이 튀어나오고, 문제를 해결하기 위해선 나보다 능숙한 어른들의 도움을 받아야 하는 것처럼. 버스에서 내릴 때까지 눈앞에서 엔딩 자막이 올라가는 기분이었다.

람가

"왔구나?"

자리에서 벌떡 일어났다. 햇살을 등지고 들어온 김동해 원장님은 이른 아침에도 눈을 반짝이셨다. 그는 시력을 잃은 사람들에게 무료로 개안수술을 해주는 '비전케어' 단체의 대표시다. 이번엔 특별히 아프리카대륙을 종단할 거라는 계획을, 3주 전 우연히 남아공에서 들은 게 인연이 되었고 그래서 약속이 되었다.

원장님은 그동안 남아공과 보츠와나, 짐바브웨에서 프로젝트를 성공시켜 잠비아까지 오셨고, 나는 그동안 새로 생긴 동행 야마와 훈에게 함께 봉사활동에 참여하자고 설득하는 데 성공했다. 그렇게 나는 수술실로, 훈과 야마는 환자대기실로 배정이 되었다.

백내장은 수정체가 혼탁해져 시력이 떨어지는 병이다.

아프리카에서는 볼 수 없으면 배움의 기회조차 박탈당하기 때문에 자신뿐 아니라 가족의 생계마저 위협받는다. 그 길로 가난으로 내몰리게 되지만 간단한 장비와 적은 비용만 있으면 수술이 가능하기도 하다. 지구 반대편까지 비전케어가 날아온 이유이다.

수술은 순조로웠다. 손발을 오래 맞춰온 덕인지 의료진 호흡이 잘 맞았다. 작은 동선 하나도 낭비하지 않는 의사의 손놀림과 노련한 간호사의 보조. 그 사이를 비집고 들어갈 틈은 없었지만, 맞물려 돌아가는 톱니바퀴에도 윤활유는 필요한 법이다.

나는 흐름이 깨지지 않도록 수술이 끝난 환자를 부축하고 새 환자를 수술대로 데리고 왔다. 그사이 장갑과 천을 새것으로 바꾸고, 렌즈를 이중 확인해 건네주고, 동그란 플라스틱 모형에 테이프를 붙여 임시안대를 만들어놓기도 했다. 어려운 일은 없었지만 일이 많았다.

정신없이 다가온 마지막 날, 환자들은 수술이 잘 됐는지 확인받기 위해 진료실 밖에 앉아있었다. 기대감과 긴장감으로 뒤섞인 기류가 흐르고 있었다. 아직 떠본 적 없는 한쪽 눈에 주먹만한 안대를 붙인 채.

"수, '랑가'가 무슨 뜻인지 알아?"

"랑가? 아니."

"나랑 훈은 아는데."

"무슨 뜻인데?"

야마가 훈을 바라보며 의미심장한 미소를 띠었다.

"눈을 떠요."

야마와 훈이 하루에도 수없이 외쳤을 단어다. 수술 전 대기실에서 산동액을 눈에 떨어뜨리고 동공이 확장되었는지 그들이 직접 확인해야 했으니까. 어쩌면 누구보다 환자 스스로가 자신에게 끊임없이 되뇌었을지도 몰랐다. 환자들은 그러지 않고는 살아갈 힘을 얻을 수 없었을 것이다.

마을로 돌아가기 위해 봉고차에 올라타는 환자들 위로 햇살이 쏟아진다. 며칠 후 안대를 뗄 때는 날도 오늘처럼 맑았으면 좋겠다. 찡그린 눈꺼풀로 새어 들어온 빛으로도 삶은 전보다 밝아질 테다. 그렇게 자꾸만 밝아져서 혼탁했던 삶이 눈부시게 투명해졌으면 좋겠다. 눈을 뜬다는 건 새로운 세상에 빛을 비추는 일이기도 하니까.

시오리 가(家)의 탄생

"오늘 출발하는 기차표 살 수 있나요?"

"몇 명이요?"

"3명이요."

바로 되돌아오는 직원의 질문에 우리는 가슴을 쓸어내렸다. 행인이 당일에는 티켓을 구할 수 없을 거라고 하는 말을 그대로 믿었더라면 하마터면 놓칠 뻔했다. '타자라 열차'는 탄자니아와 잠비아 사이를 왕복하는 기차인데, 1주일에 단 2회밖에 운행하지 않는다. 나와 야마와 훈은 이걸 타고 국경을 넘을 예정이었다.

"남녀가 한 칸에 함께 탈 수 없어요."

"네? 왜요?"

"규정이에요."

생각지도 못했다. 2박 3일 기나긴 시간을 어떻게 따로 보낸단 말인가. 우리는 같이 할 카드 게임도 정해 놨으며, 함께 볼 영화는 물론 재능기부형식으로 야마는 종이접기, 나는 영어 캠프를 맡자고 이미 얘기를 끝낸 상태였다. 순전히 재미와 시간 때우기가 목적이었지만 야심 차게 세운 계획이 이렇게 날아가다니. 그런데 거기서 직원이 한 마디를 덧붙였다.

"오직 가족들만 한 칸에 같이 탈 수 있어요."

그 말을 듣는 순간 셋은 똑같은 생각을 한 게 분명했다. '우리도 가족'이라는 말이 동시에 튀어나왔으니까. 직원은 우리를 한번 힐끗 쳐다보더니 알겠다며 이름을 물었다. 너무나 쉽게 믿어버리는 바람에 셋 다 웃음이 터질 뻔했으나 이어지는 직원의 말에 웃음은 쏙 들어갔다.

한 칸에 자리가 네 개여서 우리 셋 말고도 한 명이 더 탈 수도 있다는 것이었다. 낯선 사람과 지내는 건 보안과 안전이 우려되는 상황이었지만 어쩔 수 없었다. 각자 각별히 소지품 신경을 쓰기로 하는데 문득 머리에 누군가가 스쳤다.

"맞아, 시오리 짱!"

"오, 그래! 시오리 짱이 있잖아!"

그렇다. 우리에게는 시오리 짱이 있었다. 오늘 아침 호스텔을 떠날 때 마주친 일본인인데, 그녀는 우리와 달리 표를 미리 구해 놨다고 한 게 기억났다. 그녀도 낯선 사람들에 끼

여 가는 것보다 얼굴이라도 익힌 우리와 함께 타는 게 안전할 것이었다. 직원에게 지금 가족 중 한 명이 오고 있으니 그녀가 오면 그때 한 번에 표를 끊겠다 했다.

출발시간까지는 시간이 아직 많이 남아서 시오리를 기다리는 동안 우리는 장을 봐오기로 했다. 기차에서 지낼 동안 필요한 물과 식료품들을 사고 돌아오는데, 때마침 들어오는 택시 안에 시오리 짱이 타고 있었다. 기가 막힌 타이밍이었다. 그녀에게 달려가 사정을 설명하니 시오리는 고개를 끄덕였고 넷은 그렇게 한 가족이 되었다.

직원은 여권들을 받아 모두의 얼굴을 다시 한번 확인하더니 비워 둔 명부에 한 명씩 이름을 옮기기 시작했다. 야마는 각진 얼굴형과 턱수염을 기르고 있었고, 훈이는 짙은 눈썹과 쌍꺼풀, 사오리는 하얀 피부에 크고 또렷한 눈망울, 나는 탄 얼굴에 작은 눈이어서 넷은 닮은 구석이라고는 하나도 없이 제각각이었다.

우리가 보기에 흑인이 다 비슷하게 생겼듯이 그들에게도 동양인은 다 비슷해 보였던 걸까. 이해가 안 되지만 우리에겐 잘된 일이었으니 얌전히 표와 여권을 받았다. 직원을 속인 건 미안하지만 결국 원하는 표를 받게 되어 기쁜 마음으로 각자에게 표와 여권을 돌려주다가 한국 여권은 초록색, 일본 여권은 빨간색인 걸 보고 우리는 참았던 웃음을 터뜨

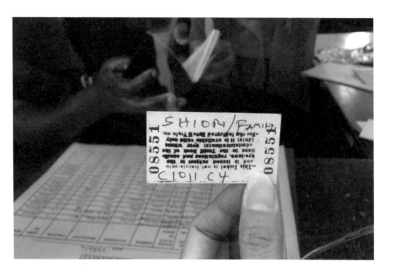

렸다.

"여권 색도 다른데 정말 몰랐던 걸까?"

"에이. 그냥 눈 감아 준 거겠지."

"그러기엔 꽤 진지하던데."

어쨌든 한 칸에 네 명이 모두 탈 수 있게 됐으니 다행이 었다. 새로 지내게 될 시오리에게 이것저것 물으며 곧 들어 올 기차를 기다리는 중이었다. 들고 있던 표 위에 뭔가가 적혀있는 걸 보고 처음엔 직원들끼리 쓰는 약어나 철도용어인 줄 알았다. 가만히 살펴보다 꼬부라진 글씨가 영문자라는 것을 알게 되었고, 곧 'SHIORI'라는 것까지 알아냈다.

SHI(시)-O(오)-RI(리). 시오리? 가만, 내 표와 시오리 의 표가 바뀌었나 확인해보니 시오리의 표에도 SHIORI가 적혀있었다. 차례로 확인한 야마와 훈의 표까지도. 우리가 가족이라고 하니 표 위에 가족의 '성(姓)'을 적어준 것이었 다. 우리는 배를 잡고 깔깔거렸다. 혹시 몰라 핸드폰으로 찍 어 둔 장부를 찾아보니, 국적란에는 'KOREAN(한국인)'으 로 적혀 있었기 때문이었다.

그렇게 나, 야마, 훈, 시오리는 한국인 아빠의 국적을 따 르고 일본인 엄마의 성을 따르는 콩가루 집안 시오리가(家) 4남매라는 새로운 신분을 얻게 되었다. 덕분에 2박 3일 동 안 카드 게임과 영화관람과 종이접기와 영어 캠프로 4남매

의 우애를 돈독히 다질 수 있었으니 이 자리를 빌어 직원의
센스에 다시 한번 감사의 인사를 전하는 바이다.

단 한 명이라도 온기를 주고받은 사람이 있다면

그날은 모처럼 늦잠을 자기로 작정한 날이었다. 창문으로 쏟아지는 햇살에 절로 눈이 떠진 나는 덜컹덜컹 기분 좋게 흔들리는 창가에 앉아 하늘을 올려다보았다. 구름 하나 없는 맑은 날이었다. 기차는 시속 40km로 이동하면서 모든 역에 정차했는데 그때마다 음료수를 파는 여인들과 아이들이 달려 나왔다. 내가 한 손을 흔들면 그들은 양손을 흔들어 댔다.

기차는 이제 국경을 넘기 전 마지막 도시에 정차하기 위해 속도를 줄이고 있었다. 그 역에선 타고 내리는 사람들뿐 아니라 핸드폰 심카드를 들이미는 잡상인, 탄자니아 화폐로 환전하지 않겠냐는 이들까지 우리 칸을 기웃거렸다. 정작 여권에 도장을 찍어주는 출입국심사 센터 직원들은 오지 않았다. 승무원은 앞칸부터 차례로 오는 중이니 더 기다려야 한다는 것이었다.

슬쩍 기차에서 내렸던 건 모처럼 길게 정차하는 역에 가만히 앉아 있으려니 좀이 쑤시기도 했고, 동행들과 함께한 이후로 혼자 떨어져 본 적이 없었기 때문이었다. 그래서인지 'NAKONDE*'라고 쓰인 역 이름을 지날 땐 새로운 여행지에 발을 딛는 기분이었다.

짐을 머리 위에 얹은 사람들에 휩쓸려 걸어가자 더 많은 무리가 모여있는 시장이 나타났다. 철조망 너머 사람들 앞 좌판에는 양파와 당근 같은 뿌리채소들과 사과와 망고, 수박 같은 과일들이 주르륵 놓여있었다.

주민들은 그곳을 눈으로 훑으며 돌아다녔고, 내 눈은 그들의 뒤를 쫓았다. 그러다 한쪽에 쌓여있는 오렌지에 눈길이 멈췄다. 아직 덜 익은 듯 초록색이 섞인 것도 있었지만 나는 왠지 오렌지가 사고 싶어졌다. 그 뒤에 멍하니 앉아있는 여인의 눈빛이 마음에 걸렸던 걸까.

장사꾼을 힘껏 불렀다. 여인은 자기를 부르는 거냐며 나를 쳐다보았다. 그래, 맞아! 당신! 철조망 앞에서 10콰차** 어치를 달라는 뜻으로 손가락 열 개를 펴 보이자 그녀는 고개를 끄덕이더니 봉지에 오렌지를 담기 시작했다.

봉지에 그녀의 마음마저 꾹꾹 담아 넣은 것 같았다. 오렌지를 얼마나 가득 담았는지, 철조망 위로 봉지를 건넬 때 두 손으로 받지 않으면 봉지가 찢어질 것 같았다. 나는 바로 돈을 철창 사이로 집어넣으며 스와힐리어로 고맙다고 말했다.

"지코모 쾀비리!"

철조망 사이에 걸친 지폐를 손으로 집으려던 그녀가 멈칫하더니 내게 똑같은 말을 건넸다.

"지코모 쾀비리."

그녀의 물기 어린 대답에 봉지를 쥔 두 손에 힘이 들어갔다. 단 한 명이라도 온기를 주고받은 사람이 있다면 그곳은 더 이상 낯설지 않게 된다는 걸 확인하기 위해 우리는 그토록 국경을 넘고 새로운 언어를 배우는 것이 아닐까.

뒤돌아 기차로 달리다가 다시 마주친 'NAKONDE' 글자가 이제는 낯설지 않았다.

---

* NAKONDE(나콘데):잠비아에서 탄자니아로 넘어가기 전 마지막 국경도시
** 쾀차: 잠비아 화폐단위

모르는 채로 두어야 하는 것

"호텔?"

어느 도시에 도착하든 반갑게 환영해주는 건 역시 호객꾼들이었다. 사실 '호텔'이 호텔이 아니라는 건 그들도 알고 우리도 알고 있는 사실이다. 싸구려 민박집이든 진짜 호텔이든 호객꾼에겐 무조건 호텔이니까. 어차피 나와 야마와 훈도 미리 알아보지 못하고 온 탓에 누구든 안내해주는 대로 따르기로 했다.

들판을 가로질러 도착한 호스텔 벽에는 커다랗게 "Travelers"라고 적혀 있었다. 이름부터 마음에 들었다. 넓은 마당에 나름 간판을 건 식당도 있었고 화장실이 딸린 방 하나에 20달러면 가격도 괜찮았다. 널찍한 침대엔 훈이와 야마가 자고 나는 텐트를 치고 그 안에서 자기로 했다.

이왕 돈을 치르는 김에 저녁도 사 먹고 싶었지만, 우리에겐 식량이 있었다. 타자라 기차에서 커피포트만 작동되었다면 진작에 끓여 먹었을 라면 두 개와 즉석밥 두 개. 식당을 찾으니 창문으로 고개를 내민 주방장 뒤로 싱크대와 조리대, 영업용 화구 두 개가 보였다.

"안녕. 우리 불 좀 써도 될까?"

"뭐? 불?"

"이걸 만들어 먹으려고 하는데."

라면을 들어 보였다. 봉지를 보더니 라면이 뭔지는 아는 것 같았지만 직접 요리하겠다는 손님은 처음이었는지 당황하는 기색이 엿보였다. 기차 주방에서도 한 차례 돈을 주고 즉석밥을 끓인 경험이 있던 우리는 4,000실링(약2,000원)을 보이며 상황을 리드했다.

"돈은 낼게."

그렇게 입성한 주방에서 한 냄비에는 즉석밥을, 다른 냄비에는 라면을 넣었다. 화르르 불이 타오르자 셋 모두의 얼굴 위로 웃음이 번졌다. 우리는 하이파이브를 하고 물이 끓기를 기다리며 야외 테이블에 자리를 잡았다.

부엌을 내준 주방장은 자기 요리솜씨를 발휘하지 못한 게 마음에 걸리는 모양이었다. 우리 근처를 서성이더니 다가와 이전엔 호텔에서 일했다는 말을 꺼냈다. 그의 말투에서 자부심이 느껴졌다.

"다들 나를 'Mr. BBQ'라고 불렀어."

"바비큐? 구워 먹는 그 바비큐?"

"맞아."

"하하하, 좋은데! 요리사 이름이 바비큐면 기억하기 쉬웠겠어."

"그랬지. 손님들이 붙여준 별명이었으니까. 바비큐 실력 하나는 끝내줬거든. 다들 나만 찾았다니까? '미스터 바비큐는 어디 있어? 미스터 바비큐우, 미스터 바비큐우우!' "

입술을 쭉 내밀며 두리번거리는 익살스러운 흉내에 우리는 웃음을 터뜨렸다. 그 사이 물이 펄펄 끓었다. 미스터 바비큐에게 미안하지만 라면이라면 우리가 전문가였다. 한국 사람이라면 라면을 끓이는 것만큼은 일류요리사 부럽지 않은 기술을 가지고 있으니까 말이다.

당장 달려가 탱탱하고 쫄깃한 식감을 위해 면발을 들었다 났다 하며 찬 공기와 뜨거운 물에 번갈아 닿게 했다. 알 단테*로 익혀진 면은 꼬불꼬불한 자태로 주황빛 국물에 잠겨 모락모락 김을 피워냈다. 너무 익지도 덜 익지도 않은 최상의 상태다.

우리는 때마침 완성된 즉석밥도 건져내어 허겁지겁 먹기 시작했다. 라면이 있기에 세상 살맛 난다던 〈아기공룡 둘리

---

* 알 단테(Al dente): 이탈리안 요리에서 사용되는 음식 용어로 파스타 음식을 중간 정도로 설익힌 것

〉 '라면과 구공탄' 가사처럼 연신 후루룩 쩝쩝! 소리를 내면
서. 우리가 얼마나 맛있게 먹었는지 지나가던 현지인이 다
관심을 보일 정도였다.

"이게 뭐야?"

땋은 머리에 후드를 뒤집어쓴 여성이 지나가다 눈을 끔
뻑거렸다. 휴가를 왔다는 그녀는 자신을 아이린이라 소개하
면서 라면에서 눈을 떼지 못했다. 먹어보라며 그릇에 담아
건네자 아이린은 서툰 솜씨로 몇 번이나 젓가락으로 면발을
들어 올렸지만 금방 도르르 흘러내렸다.

"너희는 어떻게 그렇게 잘하는 거야?"

셋은 웃음을 터뜨렸다가는 이내 그녀를 위한 젓가락 특

강을 열었다. 한 명씩 돌아가며 특별지도에 돌입했지만 그게 단숨에 될 리가 없었다. 아이린은 자꾸만 미끄러지는 면발에 자신도 답답했는지 양손에 젓가락을 하나씩 쥐고는 면발을 모았다. 그리고 젓가락을 움직이는 대신, 얼굴을 갖다 대는 편법으로 입에 넣는 데 성공했다. 생애 첫 젓가락질에 우리는 극성을 떨며 환호하자 아이린이 배시시 웃었다.

그녀가 다시 집은 면발이 팅팅 불어나는 사이, 하늘엔 별들이 하나 둘 반짝이기 시작했다. 문득 위를 올려다보다 별들로 꽉 찬 하늘에 놀라워하자 아이린은 오히려 그런 우리를 놀라워했다. 한국과 일본에서는 이런 하늘을 볼 수 없다는 말에 고개를 갸웃거렸다. 매캐한 매연가스를 뒤집어쓴 밤하늘을 그녀에게 굳이 설명하고 싶진 않았다.

"아이린, 여기서 해변이 가까워?"

문득 더 깜깜한 곳에선 더 잘 보일 거란 생각에 아이린을 앞장세웠지만 정작 우리를 기다리고 있는 건 상점과 호텔의 환한 전등이었다. 실망감에 다시 숙소로 돌아가는 길, 돌부리에 걸리지 않도록 핸드폰 플래시로 바닥을 비추니 찌르륵

풀벌레 소리가 더욱 크게 들려왔다.

"하늘 좀 봐."

플래시를 끄자 검은 벨벳 같은 하늘 위로 다이아몬드 가루가 흩어진 것처럼 별들이 빛나고 있었다. 별들이 모여 흐르는 은하수가 숙소 쪽으로 이어지고 있었고, 그 아래 어렴풋한 아이린 윤곽이 서 있었다. 이제 그만 돌아가자고 손짓하는 그녀에게 이곳도 곧 거뭇한 매연가스로 뒤덮일지 모른다는 얘기는 하지 않았다.

마음도 진심에 따라 색깔이 달라진다면

바다는 수심에 따라 색깔이 달라진다. 햇빛 가시광선에 따라 바닷속으로 침투할 수 있는 깊이가 다르기 때문이다.

마음도 진심에 따라 색깔이 달라진다면 너를 향한 내 마음은 아득한 검은 빛을 띨 텐데. 햇빛이 닿지 않아 어두운 심해의 마음은, 너에게 닿지 못하는 나의 마음이기도 했다.

4부

어긋남의 미학

겉흙이 마르지 않도록

혼자 사는 집에 식물을 들인 건 순전히 인테리어 때문이었다. 새하얀 침구와 스탠드 조명, 고흐 작품으로도 성에 차지 않던 나는 식물을 놓고 마음이 놓였다. 파릇한 색감만으로 햇빛은 쏟아지는 듯했다.

겨우내 움츠렸던 고무나무 이파리들은 봄 햇살에 기지개를 켰고, 여름 장맛비엔 기공을 활짝 열었다. 생명력을 뿜어내는 모습에 내 기분도 들떴는데 오래가지 못했다. 가을바람에 앓더니 겨울이 오기도 전에 말라버렸으니까.

어쩌면 들여다보기 겁이 났던 것인지도 모르겠다. 식물을 돌보는 건 곧 나의 마음을 살펴보는 일이어서, 자꾸만 들추다 보면 예전에 묻은 상처들이 튀어나와 버렸다. 감추면 감출수록 상처는 더 깊이 숨어 버리기 마련인가 보다.

그때 깨달았던 것 같다. 새살이 돋기 위해선 이파리처럼 상처도 햇볕에 드러내야 한다는 것을. 오늘은 다시, 마음을 돌보듯 이파리 위에 쌓인 먼지를 닦아내고 창문을 연다. 메마른 이파리에 햇빛이 쏟아졌다.

사물이 보이는 것보다 멀리 있음*

"수! 수! 일어나요."

방금 눈을 감은 것 같은데 벌써 밤 11시 반이다. 자기 전 먹은 고산 약 덕분인지 몸 상태는 신기하게도 멀쩡했다. 대기 산소가 반으로 떨어진 해발 4,700m에 텐트를 칠 때만 해도 더는 못 오를 줄 알았는데. 자고 나면 괜찮아질 거라는 가이드의 말이 맞았다.

퉁퉁 부은 눈으로 방한복 다섯 겹에 모자는 두 개를 덧쓰고 동행들을 살폈다. 그들도 한결 나아진 듯했다. 고작 3시간으로 나흘간 쌓인 피로를 풀기엔 턱없이 부족했지만. 가이드가 텐트 안으로 내미는 커피와 비스킷을 보며 동행 중 한 명이 말했다.

"국위선양이고 뭐고 내려가고 싶어. 집 가서 맛있는 밥이나 먹고 싶어."

---

* 사물이 보이는 것보다 멀리 있음: 저자가 산에서의 '사고'를 방지하기 위해 사이드미러의 문구 '사물이 보이는 것보다 가까이 있음'에서 착안하여 고안한 말.

셋은 웃음을 터뜨렸다. 약한 소리 할 때마다 서로의 뺨을 때려서라도 같이 오르자고 한 장본인의 말이었으니까. 어쩐지 쓸쓸한 입에 비스킷 몇 조각을 구겨 넣고는 고산약을 한 번 더 집어삼켰다.

자정을 조금 넘긴 시각. 하늘은 어제보다 성큼 다가와 별빛을 내어주었다. 숨을 크게 들이마시니 찬 공기에 정신도 별처럼 맑아지는 것 같았다. 그러나 산을 오를 땐 늘 겸손해야 한다. 체력이 좋고 건강하다고 고산 증세를 피할 수 있는 게 아니다. 예방하는 방법은 단 하나, 고도를 서서히 올리는 것 뿐이다.

"뽈레뽈레."

서두르지 말고 천천히 가자는 아프리카 스와힐리어. 가이드 마이크는 뽈레뽈레가 마치 고산 약이라도 되듯 말하고 있었으나 5,000m부터는 진짜 고산 약도 효과가 없었다. 숨쉬기가 힘들고 언제부턴가 졸음과 어지러움이 꾸역꾸역 밀려왔다. 거기다 기온도 영하로 떨어지기 시작했다.

그 정도면 고산에서 겪을 증세들은 다 겪는 중이라 생각했다. 끝까지 함께하자던 그 동료는 진작에 내려가 버렸고, 남은 둘도 자꾸만 감기는 눈꺼풀을 치켜 뜨며 간신히 버티는 중이었다.

그러나 내가 간과한 게 있었다. 고산 증세로 간혹 설사가 나기도 한다는 사실을. '큰일'이었다.

배가 요동을 칠수록 하늘이 노래졌다. 정상이 코앞이었지만 걸어도 걸어도 가까워지지 않았고, 진짜 문제는 다리를 비틀어도 풀어지려는 괄약근을 막기엔 역부족이었다는 거다. 얼마나 급했으면 아무 데서나 해결하려고 달려가는 나를 가이드가 붙잡으며 정상에 화장실이 있으니 조금만 참으라고 말렸겠는가.

스텔라 포인트**까지 어떻게 올랐는지 모르겠다. 발아래 깔린 구름의 모양이나 아찔한 산비탈 경사보다 기억에 남는 건 가이드가 가리킨 거대한 바위와 그 뒤에 널브러진 휴지들이었다. 망설이지도 않고 나는 바지부터 벗었다. 그리고 3분 후, 소동은 그렇게 끝나는 듯싶었다. 반대편에서 사람들이 올라오기 전까지는 말이다.

황급히 게걸음을 쳤다. 심장이 쿵쿵거리고 식은땀이 났다. 행여 들킬까 꼼짝도 안 하고 엉거주춤 앉아있는데 그들의 웅성거림이 들려왔다. 망했다.

'다…다가오지 마, 아직 안 돼!'

생각할 겨를도 없이 휴지를 쥐었다. 누군가 봤다면 산꼭대기에서 하얀 휴지를 펄럭이는 행위예술을 하는 줄 알았을 거다. 벌건 대낮에 엉덩이를 내놓고 손은 부산스럽게 허공을 가르고 있었으니까.

** 스텔라 포인트(5,756m): 킬리만자로의 공식적인 세 정상 중 하나. 최고봉은 우후루 피크(5,895m).

허겁지겁 마무리를 끝내고 슬그머니 일어나는데 황당하
게도 일찌감치 와 있어야 할 그들이 아직도 멀리 있었다. 그
제야 떠올랐다. 산에서는 사물이 보이는 것보다 멀리 있다
는 것을. 아무리 올라도 가까워지지 않던 정상처럼 말이다.

　돌아오니 동행은 뻗어있었다. 그 옆에 털썩 앉아 올라온
길을 내려다본다. 그 난리를 겪고도 이상하게 고산 증세가
싫지 않았다. 높은 지대를 오르는 사람이라면 누구나 고산
증세를 겪는다. 돈이 많던 체력이 좋던 예외는 없다. 태어나
서 나이가 들고 죽음을 맞이하는 것처럼 누구나 겪어야 하
는 것들이 세상에 몇 개라도 있어 오히려 공평하다는 생각
이 들었다. 그래서 내가 자꾸만 산을 오르는 걸까. 얼어붙은
속눈썹 위로 햇살이 내려온다.

북극성

북극성을 찾는 방법. 지구과학을 가르친다는 그는 별이 수두룩한 하늘에서 북두칠성 1성과 2성을 찾는다. 그 사이 거리만큼 다섯 번만 더 그으면 북극성을 볼 수 있다. 손가락을 따라가는 눈동자에 별이 빛난다.

항해할 때나 길을 잃을 때 북극성은 나침반이 된다. 지구 자전축에 있어 위치가 변하지 않기 때문이다. 너도 그랬다. 북극성을 따다 사람으로 빚는다면 네가 나타날 만큼. 먼 길을 떠나거나 넘어져도 늘 그 자리에 있어 주었다.

반짝 꼬리를 그리며 유성이 떨어진다. 나는 너에게 유성이었을까 북극성이었을까. 빼곡한 별을 올려다본다. 북두칠성 1성과 2성 사이로 유성이 떨어진다.

소독약

눈을 뜨기 전부터 무더운 열기가 느껴지는 아침이었다. 숙소 마당에 앉아 손부채질을 하고 있는데 한 아이가 쭈뼛쭈뼛 다가왔다. 분홍색 반팔 셔츠에 흙먼지 덮인 초록 샌들 사이로 발가락을 꼼지락거리면서. 체격도 왜소해서 내게 먹을 것을 달라고 할 줄 알았던 아이 말은 뜻밖이었다.

"혹시 밴드 있어요?"

"뭐? 밴드가 있냐고? 그게 왜 필요해?"

대답 대신 내민 손목엔 상처가 깊었다. 딱지가 자리 잡은 걸 보니 다친 지 꽤 된 것 같아 놀란 나는 황급히 가방을 찾았다. 상처를 생수로 씻어내고 소독약을 뿌리자 알싸한 냄새에 데미안이 눈썹을 찡그렸다. 땡그란 눈으로는 팔을 타고 흘러내리는 소독약을 좇는다.

"엄마나 다른 어른들한테는 말씀드렸니?"

"아니요."

"왜 안 보여드렸어?"

"······."

군은살과 자잘한 흉터로 가득한 아이 손이 대신 말하고 있었다. 찰과상 정도로는 어른들 관심을 끌 수 없다는 것을. 당장 마실 물도 귀한 아프리카에서 어리광이 통할 리 없으니 어떻게든 알아서 해결해왔을 것이다. 안쓰러운 마음이 들었던 건 데미안의 손가락이 앙상했기 때문만은 아니었다. 넘어질 때마다 늘 엄마를 찾던 내 어린 시절이 떠올라서였다.

엄마 품에 안긴다고 쓰라린 무릎이 낫는 것도 아니면서 나는 꼭 울면서 엄마를 찾았다. 괜찮다고 다독이는 목소리를 들어야 마음이 놓였던 걸까. 다친 곳이 아파서이기보단 놀란 가슴을 진정시켜줄 누군가의 토닥거림이 필요했던 건지도 모르겠다. 어쩌면 아이도 어리광을 받아줄 누군가가 필요한 게 아니었을까. 무릎을 굽혀 데미안과 눈을 맞추고 이제 괜찮아질 거라며 어깨를 두드렸다.

잠시 뒤 데미안은 나를 다시 찾았다. 아이는 나를 보자마자 또다시 손을 내밀었는데 거기엔 라임 반쪽이 들려있었다. 이걸로 뭘 하라는 걸까 싶어 이번엔 내가 쭈뼛거리자 데미안이 내 손목을 잡으며 말했다.

"이렇게 하면 시원해요!"

데미안의 손이 재빠르게 내 팔을 훑었다. 라임 향이 코끝에 닿았고, 팔이 시원해진 건 그다음이었다. 알코올이 날아가면서 열기를 빼앗듯 팔에 묻은 라임즙이 마르면서 피부의 열을 낮춰준 것이다. 아프리카 아이들은 더위를 견디는 방법도 알아서 터득하는 걸까. 어른의 그늘이 언제나 필요한 건 아니라고 데미안이 내게 말하는 것 같다.

고개를 드니 아이는 친구들에게 달려가 그들 팔에도 라임을 문질러주고 있었다. 새콤한 라임 향을 공중으로 퍼뜨리면서.

군인들이 경계해야 할 것은 강도가 아니라

　자동차 온도 계기판이 46도를 찍던 날 우리는 소금 광산에서 일몰을 기다리고 있었다. 가이드들은 몸을 들썩이며 싸구려 포도주를 들이켜고 있었고, 여행자들은 가이드들이 펼쳐 놓은 간이의자에 앉아 있었다. 가이드들과 어울리고 싶다는 생각이 든 건 그들이 손님보다 더 떠들썩하게 노래를 부르기 시작했기 때문이었다.

　슬쩍 다가가 잔을 내밀자 그들의 얼굴에 웃음이 번졌다. 그들이 따라주는 종이 팩 포도주를 한 잔 마시고, 스텝을 밟는 가이드에게 흥을 돋우며 손뼉을 쳐 주었다. 그러다 멀찍이 서 있는 군인들에게 시선이 멈췄다. 그들은 이 열기에도 긴 바지에 가죽 장화를 신고 있었다.

　군인이 우리와 동행하는 이유는 간단했다. '강도들로부터 관광객들을 보호하기 위함'. 그것도 에티오피아 정부에서 정한 법이란다. 나도 모르게 머리를 절레절레 흔들었다. 그건 강도들이 이미 정부의 통제를 벗어났으니 조심하라는 말과 다를 바 없다는 얘기 아닌가. 그들에게 눈을 떼지 못하고 있던 나를 발견한 가이드가 말했다.

"가서 인사해봐. 좋아할 거야."

매번 보는 가이드야 그렇겠지. 험상궂은 인상에 위장 색 군복과 허리에 찬 총은 쉽게 접근을 허락할 것 같지 않았지만, 그의 말을 믿어 보기로 했다. 다가가니 무슨 일인가 나를 바라보는 얼굴에 경계심 반, 호기심 반이 어려있다. 인사를 건네자 다행히 위협을 느끼지 못했는지 그들은 긴장을 풀었고, 머리가 희끗희끗한 남자 군인은 미소까지 지으며 내게 어디서 왔냐고 물었다.

"한국에서요, 남쪽. 그런데 그거 진짜 총이에요?"

"응. 매 볼래?"

그는 이상하리만치 쉽게 경계를 풀었다. 아무리 어색한 기운을 몰아냈다고는 해도 이렇게 쉽게 자신의 총을 건넬 줄은 몰랐다. 총구가 반대로 자신을 겨누게 될 수도 있는 위험을 감수하겠다는 건지, 그럴 리 없다고 확신하는 건지 모르겠지만 내가 언제 총을 다 들어 보겠나 싶어 냉큼 그러겠다고 했다.

총을 받아 들자 흐르던 땀이 싹 날아갔다. 들고 있는 것만으로 총알이 발사될 때의 느낌이 궁금해지고, 하늘을 향해 실제로 탕탕탕 쏴 보고 싶기도 했다. 왜 총기 소지가 가능한 나라에서 총격 사건이 끊이지 않는지 알 것만 같았다. 총을 들고 있는 것만으로도 힘이 생긴 것 같았으니까.

5분 정도 흘렀을까⋯⋯. 어느 순간 손가락이 방아쇠에 얹어져 있었다. 화들짝 놀라 손을 뗐다. 하마터면 총알이 날아갔을지도 모를 일이다. 얼른 다시 총을 되돌려주었지만, 손에는 묵직한 몸통과 날렵한 방아쇠의 감촉이 오래 남아있었다.

광산 뒤로 해가 넘어가고 있었다. 각자 차에 오르고, 한 마을에 내려 저녁을 먹는 내내 나는 자꾸만 군인들이 신경 쓰였다. 정확히 말하자면 그들이 어깨에 메고 있는 총에 자꾸만 시선이 가는 걸 멈출 수 없었다. 그런 감정은 어두워져도 사그라지지 않는 더위에 모두 힘겨워하는 동안에도 계속 남았다.

그날 밤 나는 나무로 만든 야외 침대에서 한참을 뒤척였다. 물건이 눈에 보이면 갖고 싶은 게 사람 마음이듯, 총을 쥐어 보면 쏘고 싶어진다는 걸 그들은 정말 몰랐던 걸까. 벌떡 일어나 앉았다. 하늘을 올려다보니 별이 뿌옇게 빛나고 있었다. 흐려진 내 마음 같았다. 어쩌면 군인들이 경계해야 할 것은 강도가 아니라 나였을지도 모르겠다.

붉은 춤사위

연기는 춤을 추는 듯했다. 남미의 살사도 한국의 탈춤도 아닌, 그것은 차라리 빠르고도 강렬한 아프리카 원주민의 관능적인 몸짓 같았다. 혀를 날름거리는 것도 같고 팔다리를 파닥거리면서 순식간에 허리를 접었다 펴는 듯한, 광기에 가까운 모습.

용암 한 덩이가 공중으로 솟구쳐 오른다. 바라보던 사람들이 일제히 손뼉을 치고 환호성을 질렀다. 그 뒤로 붉은 연기가 비틀거린다. 술에 취한 듯 전통춤이라며 어깨를 들썩이던 에티오피아 현지 가이드의 몸짓과 꼭 닮은 춤사위였다.

상형문자

하트모양은 심장의 모습에서 나왔다. 사랑하는 이를 떠올리면 두근거리고, 사랑하는 이를 떠날 땐 찢기는 듯한 고통을 느끼는 심장의 모습. 그러니 하트는 사랑을 상징하는 현대 상형문자인 셈이다.

이집트 룩소르에서 카르나크 신전 기둥을 꼼꼼히 들여다본 적 있다. 고대에는 하트보다 더 직관적이고 솔직하게 표현하지 않았을까 하는 마음으로. 그래서 사랑이라는 단어를 보는 순간 바로 이것이구나 하고 알아차릴 수 있을 것 같아서.

그러나 실제의 문자는 의외였다. 사랑이라는 단어는 괭이 모양에, 손을 입으로 가져가는 남자 모습이었다. 고대 이집트인들이 사랑을 감정적으로 이해하기보다, 괭이로 땅을 가꾸고 기초를 쌓고 깊이를 더해가는 것이라 여겼다는 것.

곰곰이 생각해보다 고개를 끄덕였다. 나의 심장, 나의 감정만 생각하던 삶보다 너와 나, 우리의 세계를 만들어 나간다는 게 더 마음에 들었다. 사랑이란 혼자 하는 게 아니라 함께 땅을 가꾸고 그 땅에 함께 살 터전을 쌓고, 서로가 서로에게 감정의 깊이를 더해 가는 일이니까.

해가 뜨고 질 때만

열기구는 해가 뜨고 질 때만 오를 수 있다. 낮에는 태양 열로 달궈진 공기가 위쪽으로 이동하면서 기류가 불안정해지기 때문이다.

거기에서 나는 낭만을 느낀다. 그때 터져 나오는 빛에는 감미로운 분위기가 섞여 있어서 빛이 닿는 모든 사물이 금처럼 반짝인다.

푸르른 논밭과 그 옆을 흐르는 나일강과 내가 슬쩍 떠올린 당신의 모습까지도.

엽서예찬 - 쏟아진 얼룩

손끝에 닿는 종이에서 바닷가의 짠 내음, 햇볕에 바랜 종이 소리가 느껴진다. 글씨만 봐도 도란도란 얘기하는 듯하다. 차마 다 적지 못한 에피소드들이 기다려지는 건 마음의 문체로 쓰였기에 가능한 일이리라. 학교에서 돌아오면 이따금 엽서가 와 있었는데, 서둘러 글자들을 쫓아갈 때면 가슴이 두근거렸다.

이모의 이야기는 꾸며낸 것과는 달리 땀방울이 튀었다. 그녀의 필적으로 가득했던 엽서는 금방이라도 이모가 자전거를 타고 튀어나올 것만 같았다. 이국적인 소재들은 나의 말랑말랑한 상상력을 자극했고, 서정적인 글솜씨는 여린 감수성을 매만져주었다.

풀을 뜯고 있는 하얀 양 떼와 소담스럽게 꾸며진 집들…… 수북이 쌓인 낙엽 위로 하늘이 펼쳐지면 나도 함께 달리며 바람을 느꼈다. 밤하늘 아래 거대한 바위에 오르면 어딘가에서 야생동물의 울음소리가 바람을 타고 왔고 모닥불이 꺼져가는 소리, 남십자성이 반짝이는 소리까지 귓가를 맴돌았다.

한 마리 새처럼 이모는 자기 세계를 날아다녔고 새 둥지를 틀 때마다 엽서를 보냈다. 그녀가 남긴 자취를 좇은 건 새로운 세상에 대한 동경 때문이 아니었다. 구겨지고 빗물에 번지면서까지 달려오는 엽서의 애틋함 때문이었다. 귀로만 듣던 사랑이 눈으로 보고 손으로 만질 수 있는 형태로 바뀌어 내 앞에 존재한다는 게, 마치 이모가 숨이 차도록 달려온 것만 같았다.

그러다 나는 곧 서글퍼졌다. 안부 뒤에 웅크린 마음이 그리움을 쏟아내고 있던 까닭이었다. 글자 사이사이 방랑자들과 엉기어 멍든 자리는 푸르게 아우성쳤다. 그 얼룩을 들여다볼 때마다 나는 휘몰아치는 쓸쓸함의 무게와 고독의 질량을 감당할 수 없었다.

그 고독의 무게는 해가 질 때마다 내려앉는 노을 같아서, 벌겋게 짓눌리는 바다처럼 내 눈시울을 붉게 물들였다. 초저녁별이 떠오르면 나는 숨이 차도록 별을 향해 달려 나갔다. 수북이 쌓인 별빛이 울컥, 쏟아진 얼룩처럼 엽서에 번지고 있었다.

어긋남의 미학

　나는 남과의 다름을 인정하는 사람일수록 삶에 충실한 사람이라고 믿는다. 삶과 여행은 비슷한 것이어서 삶에 충실한 사람은 여행에도 충실하다. 남들이 가지 않는 장소를 찾고, 현지인에게 말을 걸고, 그들의 노래를 따라 부른다.

　미국에서 온 앤드류는 여행지에서 만난 사람들의 글을 수집했다. 썩어 없어질 화폐나 기념 자석보다 가치관을 더 귀하게 여기는 사람이었다. 그가 내민 노트에 나는, 니체의 "지금 이 인생을 다시 한번 완전히 똑같이 살아도 좋다는 마음으로 살라." 라는 구절을 적었다.

　반면 나는 각국의 모래를 모았다. 갈라파고스섬의 모래는 개발이 중지된 섬처럼 투박하고 거칠었고, 브라질 코파카바나 해변 모래는 한없이 곱고 부드러웠다. 아프리카 나미브사막에서 담은 모래는 땅의 생기를 머금은 듯 핏빛을 띠고 있었다.

　모래마저 질감과 형태가 달랐다. 사람마다 여행지에서 담아오는 것들이 다른 것처럼. 간극이 크다는 건 저마다 삶에 충실했다는 뜻이므로 나는 그 어긋남을 사랑한다. 당신을 사랑하는 이유가 당신이 나와는 달라서였던 것처럼.

　지금 이 인생을 몇 번이고 완전히 똑같이 되돌린대도 나는 당신을.

끓는점

모든 마음에는 끓는점이 있다. 뜨거운 물도 섭씨 100도에 도달해야 수증기로 변하는 것처럼, 마음도 어떤 지점에 도달하기 전까지는 그저 달아오르기만 한다. 이때 가장 바빠지는 것은 입이다. 끓는점에는 닿지 못했지만 달아오른 마음은 어딘가에 이 불안을 쏟아내려 발버둥치고, 결국 입술이 불안을 토해낸다.

벼락같이 내려치는 사랑은 단순하다. 한순간에 끓는점에 도달해 헷갈릴 이유가 없으니 헛짚을 오해도 불안도 없다. 문제는 대부분의 사랑이 그렇지 않다는 것이다. 사랑이 달아오를 때 나는 내가 아니다. 마음의 주인인 내가, 사랑이 맞는지 아닌지 알 길이 없어 매번 끓어넘치길 기다려야만 했다.

그러나 끓기도 전에 마음이 식어버리면 상황은 난감해

진다. 이미 끓어오른 상대의 말이 흉측하게 뭉그러지기 때문이다. 반대의 경우도 다를 바 없다. 뜨거운 마음에 엉뚱한 말만 튀어나온다.

　우산을 쓰고도 왼쪽 어깨가 젖어가는 밤,

　"…… 너에게는 장작불에 마시멜로 굽는 냄새가 나."

피자헛의 스핑크스

스핑크스 앞에서 고민했다. 그리스 신화 속 오이디푸스에게 던진 '아침엔 네 발, 점심엔 두 발, 저녁엔 세 발인 게 무엇이냐?'는 질문 때문은 아니었다. 어쩌면 여행자에게는 그보다 더 심오한 난제 '어떻게 하면 스핑크스와 피라미드를 사진 한 장에 잘 담을 수 있을까?' 앞에서 머리를 싸매는 중이었다. 우리에게 현실적인 난제는 '어떻게 하면 끈질기게 따라붙는 저 행상들을 물리칠 수 있을까?'이긴 했지만.

이집트에서 만난 동행들과 나는 이미 사기꾼 같은 행상들 수법을 꿰뚫고 있었고 대처하는 법 또한 터득한 상태였다. 단칼에 거절할 것. 그러나 한 마디에 알아듣고 떨어진다면 이집트 행상인이 아니었다. 그들이 보여주는 낙타를 탈 수도 있지만 높은 요금을 흥정하는 데 에너지를 쓰고 싶지 않았다.

그들에게 손사래를 치며 거대한 피라미드를 3개나 지나쳐왔는데도, 실제 눈앞에서 보는 스핑크스의 크기는 상상을 초월했다. 사자 몸통에 사람 얼굴을 붙인 모습도 유명세에 비해 다소 괴기스럽게 느껴지기도 했는데, 그건 코가 있어야 할 부분이 휑하게 비어버린 탓이었다.

"소문에 의하면 나폴레옹이 전쟁 중 일부러 떨어뜨렸대."

"대포로 쐈다던데?"

옆에 있던 동행들은 각자 들은 루머들을 늘어놓았다. 하긴 수십 미터에 달하는 크기와 기이한 형상은 누구에게나 흥미로운 이야기 소재였을 것이다. 우리만 봐도 갖가지 소문들을 들먹이며 얘기하고 있었으니까.

그 앞에서 스핑크스와 피라미드를 한 컷에 담으려고 카메라 앵글을 요리조리 돌려보고 있는데, 길가 건너편 빨간 간판의 'Pizza Hut(피자 헛)'이 눈에 들어왔다. 하필 그때가 해가 머리 꼭대기에 올랐을 때라서 주변엔 그림자 하나 없었다. 정수리에 불이 붙는 듯했는데 마침 배도 고파서 우리는 만장일치로 그곳으로 향했다.

피자헛에 들어가자마자 살 것 같았다. 우리에겐 '피자'헛이 아니라 '피서'헛이었다. 들이닥치는 에어컨 바람의 시원함과 현대식 인테리어의 쾌적함에 우리는 흡족한 웃음을 지으며 홀린 듯이 2층으로 올라갔다. 그렇게 마지막 계단을 밟으려던 우리는 그만 그 자리에 얼어붙고 말았다.

전면 유리창 Pizza Hut 로고 뒤로 스핑크스와 피라미드가 액자처럼 서 있는 것이었다. 그토록 찾아 헤매던 구도를 여기서 마주할 줄이야. 눈이 부셔서 찡그릴 필요도 없고 더 위에 부채질하지도 않으면서 말이다. 이 광경을 앞에 두고도 정작 직원은 메뉴판을 우리에게 내밀고 있었다.

"내가 이집트 피라미드 홍보담당자라면 여행자들한테 쓸데없이 낙타를 태우려 하는 대신 이곳에 전망대를 설치하고 입장료를 받을 텐데."

모두는 고개를 끄덕이며 자리를 잡았다. 피라미드를 구경하는 내내 졸졸 쫓아다니던 잡상인들이야말로 이집트가 풀어야 할 난제라는 생각이 든다. 우리가 살 것 같다고 느낀 건 어쩌면 햇볕과 더위를 피할 수 있어서가 아니라, 가이드를 빙자한 사기꾼들 손아귀에서 벗어났기 때문인 것 같았으니까.

잠시 후 직원은 우리가 주문한 환타 대신, 얼음이 녹은 미란다를 들고 왔다.

저
녁
놀

이보다 더 큰 반전은

한국으로 돌아오면서 한 가지는 확실해졌다. 내 인생 최고 반전은 '세계 일주'라는 것. 그것도 여자 혼자 지구를 돌고 왔으니 자부심도 살짝 섞여 있었다. 앞으로 할 10년 치 여행을 몰아서 하고 온 기분이어서, 휴양지 얘기는 이제 지겨울 정도였다. 한동안은 이보다 더 큰 반전은 없을 거라 생각했다. 갑자기 모야모야가 내 삶에 끼어들기 전까지는.

뇌혈관이 좁아지는 희귀난치병이라고 했다. 아무리 내가 독특하고 희귀하다고는 해도 걸리는 병까지 희귀할 것까지는 없었는데……. 언제나 시트콤 같았던 인생이 다큐멘터리로 변하고 말았다. 아니, 내게는 막장 드라마가 더 어울릴 것 같다. 신께서 친히 세계 일주보다 더 큰 반전을 써 주셨으니까.

형광등 조명 아래 반질반질한 민머리, 핏기 없는 입술,

헐렁해 볼품없어 보이는 환자복, 항상 난간을 올리고 있어야 하는 침대, 화장실을 갈 때도 끌고 다녀야 하는 폴대. 간호사로서 대하던 환자 모습을 내가 하고 있을 줄이야.

수술 직후엔 중환자실과 일반 병실을 들락날락했고, 퇴원 후에도 꼼짝없이 누워지내야 했다. 머리를 조금이라도 숙이거나 갑자기 일어서면 머리가 핑 돌고 어지러워서, 그럴 때마다 나는 쓰러지듯 거실 바닥에 누워야 했다. 가만히 누워있으면 까맣던 시야에 조금씩 빛이 들어와 마룻바닥에 웅크린 엄마의 그림자가 비쳤다.

혹시 내가 바다 깊이 다이빙을 해서 그런가, 고산 지대를 너무 오래 다녔던 건가, 킬리만자로에서 무리해서 그랬던 건 아닐까. 분명 특정한 이유 없이 걸리는 병임에도 나는 자꾸만 그 원인을 내게서 찾아 자책했다. 그냥 대학병원 VIP 병실 간호사로 남아있을 걸, 하며 과거의 일까지 끌고 와 후회하기도 했다.

가끔 바깥의 웃음소리가 방에서 들려오면 머리를 벽에 쿵쿵 찧었다. 나는 웃는 방법을 잊어버린 사람 같은데, 저들은 뭐가 그리 즐거워 웃을까. 이렇게 비참하게 사느니 차라리 수술대에서 일어나지 못했더라면 좋았을 거라는 생각이 들었다. 수술용 메스가 내 행복도 함께 도려내 버린 기분이었다.

다만, 방에서 보이는 노을이 조금은 위안이 됐다. 해가 질 때 눈물로 축축한 베갯잇에서 고개를 들면 빨갛게 물드는 하늘이 보였는데, 그때마다 인도네시아에서 보던 핏빛 석양을 보는 것만 같았다. 그러면 여행할 때 썼던 일기장을 찾았다. 그곳에 저장해 두었던 설렘을 잠시 빌려오는 것으로 나는 하루를 버틸 힘을 얻었다.

어눌했던 말투가 보통 사람처럼 돌아오기까지는 6개월, 서울로 나들이 나가기까지는 1년, 사회로 복귀하기까지는 3년이 넘는 시간이 필요했다. 그리고 그때 행복우물 출판사 최연 편집장님을 만났다. 편집장님이 들려주시는 비유와 예시는 그야말로 시 같아서 나를 이끌어 주시고 가르쳐 주실 때마다 경외심과 존경심이 우러나왔다.

그가 해주시는 조언을 따라 엉뚱한 문장들과 쓸데없는 수식을 잘라내고, 삐그덕대는 문단을 바로 잡으면 신기하게도 내면에 뒤죽박죽 널려 있던 생각들까지 제자리를 찾아갔다. 글이 교정되면서 내 마음마저 덩달아 교정되는 기분이었다. 편집장님이 아니었다면 나는 결코 이렇게 성장하지 못했을 테다.

그렇게 가닥이 잡혀갔다. 체력도 회복되어 마라톤 10km를 완주했고, 사회생활도 시작했고, 책도 얼추 완성되어갔다. 드디어 꿈을 좇는 평범한 사람이 된 것만 같은 기쁨에 나는 그만 까맣게 잊고 말았다. 수술했던 반대쪽도 좁아질 수 있다는 사실을. 두 번째 수술 소식을 들었을 땐, 이제껏 힘들게 쌓아 올린 꿈이 파도 한번에 무너져버리는 기분이었다.

그래도 이전 수술을 통해 배운 게 하나 있다면, 어차피 할 거라면 순순히 받아들이는 게 낫다는 것이었다. 받아들이기보단 체념이었지만 나는 어느새 다시는 못 볼 것처럼 사람들을 만나고 카메라 앞에서 바디 프로필을 찍고 있었다. 그것이 세상에 고하는 나의 마지막 인사인 것처럼. 그리고 바로 그때, 이 문장이 내게 계시처럼 다가왔다.

비록 많은 체험을 했을지라도 이후에 그것을 곰곰이 고찰하지 않는다면 무용지물이 될 뿐이다. 어떤 체험을 하든지 깊이 사고하지 않으면, 꼭꼭 씹어 먹지 않으면 설사를 거듭하게 된다. 결국 아무것도 배우지 못하며 무엇도 자신의 것으로 만들지 못한다.
    -프리드리히 니체

세계를 돌고 수술 받으며 경험은 쌓을 대로 쌓아봤으니 이제는 곰곰이 곱씹어볼 차례다, 하고 신이 내게 말하는 것 같았다. 만약 내게 두 번째 수술이 없었더라면 나는 그저 여행과 수술에서 겪은 경험을 한두 번 씹고 뱉은 거나 마찬가지였을 것이다. 상황을 다시 돌이켜보면서 내면을 들여다보고 깊이 사유하고 통찰을 얻는 과정을 통해 나는 내 여행이, 내 인생이 비로소 완성되었다고 믿는다.

그러니 결국 모야모야가 책을 만들어준 것이다. 하지만 나는 여기서 반전을 한 번 더 꾀하고 싶다. 문장들이 내 경험들로 쓰인 건 사실이지만, 그 문장들 사이사이에는 행복우물출판사와 모든 직원분들의 노고가 깃들어 있다. 아마도 '진짜 반전'은 이렇게 소중한 인연들에게 있지 않을까.

앞으로 이보다 더 큰 반전은 없을 것 같지만, 이제 그런 확신은 하지 않기로 했다.

감사의 말

화가 고흐에게 동생 테오가 있다면 제게는 동생 세라가 있습니다. 지칠 때마다 한결같은 응원과 지지는 물론, 조카를 둘이나 낳아주었지요. 서하와 채하. 서하는 올해로 6살인데 얼마 전 통화할 때 제게 이런 말을 했습니다. "엄마보다 더 사랑해. 좋은 꿈 꿔. 난 당연히 뽀뽀이모 꿈꿀 건데, 이모는?" 서하보다 3살 어린 채하는 낯을 가리다가 최근에 슬슬 제 매력에 빠지고 있습니다.

엄마와 아빠에게도 감사하다는 말을 전합니다. 금메달 엄마(딸 둘, 아들 하나를 낳으면 금메달이라는 얘기에 삼 남매가 엄마를 부르는 애칭)와 영원한 대장 아빠. 당신들의 애정 어린 걱정과 보살핌 덕분에 제가 끝까지 책을 쓸 수 있었습니다. 믿고 기다려주셔서 감사합니다. 남동생 세훈이에게도 고맙다는 말을 전합니다. 친척 여러분의 열렬한 지지와

성원에도 가슴 깊이 감사드립니다.

크레이지 멤버들 (omoshiroi Yama chan, 훈, Coco, Shiori chan), 로드트립 치트키 세르베자, Andrew, Aaron, Budi, Ying, Luis, Andreas, Elizabeth, 볼리비아 우유니 멤버들, 파타고니아 더블유 트레킹 동행들(국환, 재우, 영훈), 이구아수 폭포 동행 상훈, 브라질 미녀 Samanta, 우남대 CEPE 학우들(석원, 승현, Kim, Mahalia, Emiliano), 멕시코 최고 다이빙강사 Gerardo, 쿠바 동행들(도경, 길호, 지선 언니, 현우 오빠), Joaqoina 아주머니, 호세마르티 한국쿠바 문화클럽(이자경 선생님, 안토니오 김 할아버지, 호세 할아버지, 리엔, 바르바라), 스페인 바르셀로나 Yonita언니, 남아공KOSTA에서 만난 인연들, 보라네가족, 비전케어팀, 이퀄라이집 가족들(정열, 준철 오빠, 마르코, 홍수 오빠, 희성, 성수, 쉐프님), 이외에도 여행 중 함께 시간을 보냈지만 미처 싣지 못한 수많은 여행가들에게 감사합니다. 우리가 길에서 또 만나기를 기대합니다.

저의 부족한 모습까지도 응원해준 소진, 지현, 인간모임(은세, 진영, 혜진, 윤형, 은미), 은경, 세림, 은비, 하영, 고은, 승숙, 소영, 빅토리아 패밀리(워니엉클, 제이슨엉클, 광연오라버니, 민정이), 트래비 7기 외에도 늘 글쓰기에 관심을 두고 성원해주신 분들, 인스타 식구들에게 깊은 감사의 마음을 전합니다. 그들의 칭찬과 격려가 제게 크나큰 힘이 되었습니다.

최연 편집장님에 대한 감사한 마음을 쓰자면 지면이 부족할 테니, 아쉬운 마음을 꾹꾹 눌러 감사하다는 말로 대신합니다. 편집장님과의 만남은 제게 최고의 반전이었으며, 어려운 상황 속에서도 제가 놀라운 성장을 이룰 수 있도록 끝까지 인내하시며 도와주신 은인이십니다. 감사합니다.

정언내과 황영환 선생님, 분당서울대병원 신경과 배희준 교수님, 윤창호 교수님, 특히 두 번이나 수술을 집도해주신 신경외과 명의 방재승 교수님께 진심으로 감사의 말을 전합니다. 삶을 두 번이나 새롭게 살도록 해 주신 은혜 잊지 않겠습니다.

제가 또 감사한 것은 이 책이 출간되면 저는 이제 출국할 때 직업란에 '작가(writer)'라고 쓸 수 있다는 점입니다. 그러기 위해서라도 꼭 해외로 나가는 비행기표를 끊을 것입니다. 이왕이면 석양이 보이는 해변이 좋겠네요. 가방엔 데킬라 한 병을 챙길 것입니다. 노을이 지면, 잔을 높이 들고 이렇게 말하겠습니다.

당신의 극본대로 살 수 있어 영광입니다. 다시 태어나도 이 인생을 완전히 똑같이 살겠습니다.

publisher   instagram

운이 좋으면 거북이를 볼 수 있어

초판발행 2023년 5월 1일
지은이 물결(전수진)
펴낸이 최대석 펴낸곳 행복우물 출판등록 제2008-04호
주소 경기도 가평군 경반안로 115
전화 031-581-0491 팩스 031-581-0492
전자우편 book@happypress.co.kr
값 17,000   ISBN 979-11-91384-45-1

Check intagram for Event & Goods!

instagram. Jeon Su Jin

네가 번개를 맞으면 나는 개미가 될거야

장하은

출간 즉시 베스트 셀러

불안장애와 숨고 싶던 순간들,

소심하고 내성적인 아이에서 불안한 어른이 된 이야기

> "
> 너무 좋았습니다. 방에 불을 꺼두고 침대 위에 앉아 작은 태양 같은 조명 아래 있으면 이 책만 읽고 싶은 나날들이었습니다. 읽은 페이지를 또 읽고, 같은 문장을 반복하다가, 홀로 작가님의 글을 더 보고 싶어 책갈피에 적힌 작가님의 인스타에 들어가 보았습니다. 역시나 너무 멋진 분이셨어요. 제게 책을 읽고 먹먹해진다함은 작가가 과연 어떤 삶을 살았기에 이런 글을 쓸 수 있는 걸까, 궁금해지는 것을 말합니다. _ 북리뷰어 Pourmeslivres*님
> "

> 그럴 땐 당황하지 말고 그것도 너의 감정이라는 것을 인정해 줘. 억지로 감정을 바꾸려고 하지 말고. 그 감정에 함께 머물러주며 그대로 표현하게 해보는 것도 필요하거든.
> _ 본문 중에서

Jang Haeun

* 북리뷰어 Pourmeslivres는 인스타그램에서 진솔하고 적확한 도서 리뷰를 통해 수많은 애서가들에게 호평을 받고 있다. 인스타그램 @pourmeslivres

삶의 쉼표가 필요할 때
R edition

꼬맹이여행자

퇴사 후 428일 간의
세계일주

**여행에세이 1위
<삶의 쉼표가 필요할 때>
리커버 에디션으로 출시!**

이 책은 우선 여행기 보다 한 권의
아름다운 에세이 같았습니다
_ munch님

**출간 후 3년,
꾸준히 사랑 받는
이유가 있다**

**읽으면 꼭
소장하고 싶은
여행에세이**

인생을 알려주고...
(가격) 더 받으셔야 합니다. 책을 읽고
첫 장부터 진짜 울 것 같다가 감동 받았다가
예쁜 말들에 엄마 미소를 짓기도하고
너무 좋은 책이였어요
_ findyourmap0625님

Jang Youngeun

세상의 차가움 속에서도 따뜻함을 발견해내는, 여행 그 자체보다 그 여
정에서 용기와 고통과 희열을 만나는 여행자의 이야기*를 읽고 나면 사
랑하는 이들에게 구구절절 말할 필요도 없이 조용히 이 책을 건네**는
당신을 발견하게 될 것이다

*이병일 시인 추천사 중에서 **태원준 작가 추천사 중에서 / YES24 리뷰 중

사진 예술 요리

뉴욕, 사진, 갤러리 최다운

"깊이 있는 작품들과 영감에 관한 이야기들"

라이선스를 통해 가져온 세계적 거장들의 사진을 즐길 수 있는 기회! 존 시르, 마쿠스 브루네티, 위도 웜스, 제프리 밀스테인, 머레이 프레데릭스, 티나 바니, 오사무 제임스 나카가와, 다나 릭센버그, 수전 메이젤라스, 리처드 애버든, 로버트 메이플소프, 안셀 애덤스, 어윈 블루멘펠드, 해리 캘러한, 아론 시스킨드. 최다운은 뉴욕의 사진 갤러리들, 그리고 사진 작품들의 매력과 이야기들을 생동감 있게 전해준다.

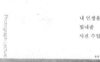

내 인생을 빛내 줄 사진 수업 유림

"사진 입문자들을 위한 기본기부터 구도, 아이디어, 촬영 팁, 스마트폰 사진, 케이스 스터디까지"

좋은 사진을 찍고자 하는 사람이라면 누구에게나 도움이 될 수 있는 지식과 노하우를 담았다. 저자가 사진작가로서 경험하고 사유했던 소소한 이야기들도 이 책만의 매력이다. 사진을 잘 찍기 위한 테크닉 뿐만 아니라 좋은 아이디어를 얻는 방법과 저자가 영감을 받은 작가들의 이야기를 섞어 읽는 재미를 더한다.

김경미의 반가음식 이야기 김경미

"건강식에도 품격이! '한식대첩'의 서울 대표, 대통령상 수상 김치명인이 공개하는 사대부 양반가의 요리 비법"

김경미 선생이 공개하는 반가의 전통 레시피
　하나. 균형잡힌 전통 다이어트 식단
　둘. 아이에게 좋은 상차림
　셋. 몸을 활성화시켜주는 상차림
　넷. 제철 식단과 별미음식
그리고 소소하고 행복한 이야기들